（明）吴承恩 撰

李卓吾先生批評西遊記

第七册

國家圖書館出版社

第七册目録

第四十一回　心猿遭火敗　木母被魔擒……一
第四十二回　大聖殷勤拜南海　觀音慈善縛紅孩……三三
第四十三回　黑河妖孽擒僧去　西洋龍子捉鼉回……六五
第四十四回　法身元運逢車力　心正妖邪度脊關……九七
第四十五回　三清觀大聖留名　車遲國猴王顯法……一二九
第四十六回　外道弄强欺正法　心猿顯聖滅諸邪……一五七

第四十一回

心猿遭火敗　木母被魔擒

善惡一時忘念，榮枯都不關心。晦明隱現任浮沉，隨分飢餐渴飲。神靜湛然常寂，昏冥便有魔侵。五行蹭蹬破禪林，風動必然寒凜。

却說那孫大聖引八戒別了沙僧，跳過枯松澗，徑來到那怪石崖前，果見有一座洞府，真個也景致非凡。但見

迴鑾古道幽還靜，風月也聽玄鶴弄。白雲透出滿川光，流水過橋仙意兼。猿嘯鳥啼花木奇，藤蘿石蹬芝蘭茂。蒼摇崖壑散煙霞，翠染松篁招彩鳳。遠列巔峰似插屏

山朝澗繞真仙洞崑嵛地脈發來龍有分有緣方受用將近行到門前見有一座石碣上鐫八個大字乃是號山枯松澗火雲洞那壁廂一群小妖在那里輪鎗舞劍的跳風頑耍孫大聖厲聲高叫道那小的們趂早去報與洞主知道教他送出我唐僧師父來免你這一洞精靈的性命牙迸半個不字我就掀翻了你的山塲踵平了你的洞府那些小妖聞得此言慌忙急轉身各歸洞裡關了兩扇石門到裡邊來報大王禍事了却說那怪自把三藏拿到洞中選剝了衣服四馬攢蹄綑在後院裡着小妖打乾淨水刷洗要上籠蒸吃哩忽聽得報[illegible]不刷洗便來前

庭上問有何禍事小妖道有個[illegible]的和尚帶一個長嘴大耳的和尚在門前要甚麼唐僧師父哩但若牙迸半個不字就要掀翻山場攊平洞府魔王微微冷笑道這是孫行者與猪八戒他却也會尋哩我拿他師父自半山中到此有百五十里却怎麽就尋上門來教小的們把管車的推出車去那一班幾個小妖推出五輛小車兒來開了前門八戒望見道哥哥這妖精想是怕我們推出車子往那廂搬哩行者道不是且看他放在那里只見那小妖將車子按金木水火土安下著五個看著五個進去通報那魔王問停當了答應停當了教取過鎗來有那一夥

會兵器的小妖，著兩個擡出一桿丈八長的火尖鎗，遞與妖王。妖王輪鎗拽步，也無甚麼盔甲，只是腰間束一條錦繡戰裙，赤著腳走出門前。行者與八戒擡頭觀看，但見那怪物

面如傅粉三分白，脣若塗朱一表才。鬢挽青雲欺靛染，眉分新月似刀裁。戰裙巧繡盤龍鳳，形比哪吒更富胎。雙手綽鎗威凜冽，祥光護體出門來。哏聲響若春雷吼，暴眼明如掣電乖。要識此魔真姓氏，名揚千古喚紅孩。

那紅孩兒怪出得門來，高叫道：是甚麼人在我這裡吆喝？行者近前笑道：我賢姪，莫弄虛[illegible]山路傍高弔

在松樹稍頭是那般一個瘦怯怯[illegible]哄了我師父我到好意馱著你你就弄風兒把我[illegible]攝將來你如今又弄這個樣子我豈不認得你趁早送出我師父不要白了面皮失了親情恐你令尊知道怪我老孫以長欺幼（這猴頭委是輕薄）不相模樣那怪聞言心中大怒咄的一聲喝道那潑猴頭我與你有甚親情你在這里滿口胡柴綽甚聲經兒那個是你賢姪行者道哥哥是你也不曉得當年我與你令尊做弟兄時你還不知在那里哩那怪道這猴子一發胡說你是那里人我是那里人怎麼得與我父親做兄弟行者道你是不知我乃五百年前大鬧天宮的齊天大聖孫悟

空是也。我當初未鬧天宮時。徧遊海角天涯。四大部洲無方不到。那時節專慕豪傑。你令尊叫做牛魔王。稱爲平天大聖。與我老孫結爲七兄弟。讓他做了大哥。還有個蛟魔王。稱爲覆海大聖。做了二哥。又有個大鵬魔王。稱爲混天大聖。做了三哥。（何聖人之多也。極象講致良知者。一入講堂便稱大聖人矣）又有個獅狔王。稱爲移山大聖。做了四哥。又有個獼猴王。稱爲通風大聖。做了五哥。又有個㺄狨王。稱爲驅神大聖。做了六哥。惟有老孫身小。稱爲齊天大聖。排行第七。我老弟兄們那時節耍子時。還不曾生你哩。那物聞言那里肯信。舉起火尖鎗就刺。[illegible]是那會家不忙。又使了一個身法閃過鎗頭[illegible]道你這小畜

生不識高低。看棍。那妖精也使[illegible]道。潑猢猻
不達時務。看鎗。他兩個也不論親情[illegible]各使神通
跳在雲端裡好殺。
行者名聲大魔王手段強。一個橫舉金箍棒。一個直挺
火尖鎗。吐霧遮三界。噴雲照四方。一天殺氣兇聲吼。日
月星辰不見光。語言無遜讓。情意兩乖張。那一個欺心
失禮義。這一個變臉沒綱常。棒架威風長。鎗來野性狂。
一個是混元真大聖。一個是正果善財郎。二人努力爭
強勝。只為唐僧拜法王。
那妖魔與孫大聖戰經二十合。不分勝敗。豬八戒在傍邊

看得明白。妖精雖不敗陣。却只是遮攔隔架。全無攻殺之能。行者總不離他棒法精強。來往只在那妖精頭上。不離了左右。八戒暗想道。不好阿。行者溜撒。一時間丟個破綻。哄那妖魔鑽進來。一鐵棒打倒。就沒了我的功勞。你看他抖擻精神。舉著九齒鈀。在空裡望妖精劈頭就築。那怪見了心驚。急拖鎗敗下陣來。行者喝教八戒趕上。趕上。二人趕到他洞門前。只見妖精一隻手舉著火尖鎗。站在那中間一輛小車兒上。一隻手捏著拳頭。往自家鼻子上搥了兩拳。八戒笑道。這厮放賴不羞。你[illegible]子倘出些血來。搽紅了臉。往那里告我們[illegible]了兩拳。念個咒語。口裡噴出火來。鼻子裡濃煙迸出。閘閘眼。火焰齊生。那五輛車子上。火光湧出。連噴了幾口。只見那紅焰焰大火燒空。把一座火雲洞。被那煙火迷漫。真個是熯天熾地。八戒慌了道。哥哥不停當。這一鑽在火裡。莫想得活。把老豬弄做個燒熟的。加上香料。儘他受用哩。快走快走。說聲走。他也不顧行者。跑過澗去了。這行者神通廣大。揑著避火訣。撞入火中。尋那妖怪。那妖怪見行者來。又吐上幾口。那火比前更勝。好火。

炎炎烈烈盈空燎。赫赫威威遍地紅。却似火輪飛上下。

由如炭屑舞西東。這火不是燧人鑽木。又不是老子炮丹，非天火，非野火，乃是妖魔修煉成真三昧火。五輛車兒合五行，五行生化火煎成。肝木能生心火旺，心火致令脾土平。脾土生金金化水，水能生木徹通靈。生生化化皆因火，火徧長空萬物榮。妖邪久悟呼三昧，永鎮西方第一名。

行者被他煙火飛騰，不能尋怪，看不見他洞門前路徑，抽身跳出火中。那妖精在門首，看得明白，他見行者走了，却纔收了火具，帥群妖轉于洞內，閉了石門，以為得勝，着小的排宴奏樂，歡笑不題。却說行者跳過枯松澗，按下雲頭，只聽得八戒與沙僧朗朗的在松間講話。行者上前喝八戒道你這獃子全無人氣你就懼怕妖火敗走逃生却把老孫丢下早是我有些南北哩八戒笑道哥阿你被那妖精說著了果然不達時務古人云識得時務者呼爲俊傑那妖精不與你親你強要認親既與你賭鬭放出那般無情的火來又不走還要與他戀戰哩行者道那怪物的手段比我何如八戒道不濟比我何如八戒道也不濟老猪見他撐持不住却來助你一鈀不期他不識耍就敗下陣來没天理就放火了行者道正是你不該來我再與他鬬幾合我取巧兒撈他一棒却不是好他兩個只管論那妖精的手段講那妖精的火毒沙和尚倚著松根笑得

捱了。行者看見道兄弟你笑怎麼你好道有甚手段擒得那妖魔破得那火陣。這樁事。也是大家有益的事。常言道。衆毛攅毬。你若拿得妖魔救了師父。也是你的一件大功績。沙僧道我也没甚手段。也不能降妖。我笑你兩個都着了忙也。行者道。我怎麼着忙。沙僧道。那妖精手段不如你。鎗法不如你。只是多了些火勢。故不能取勝。若依小弟說以相生相尅拿他有甚難處。行者聞言。呵呵笑道兄弟說得有理。果然我們着忙了。忘了這事。若以相生相尅之理論之須是以水尅火。却往那里尋些水來。潑滅這妖火。可不救了師父。沙僧道。正是這般。不必遲疑。行者道。你兩個

只在此間莫與他索戰待老孫去東洋大海求借龍兵將
些水來潑息妖火捉這潑怪八戒道哥哥放心前去我等
理會得好大聖縱雲離此地頃刻到東洋却也無心看翫
海景使個逼水法分開波浪正行時見一個巡海夜叉相
撞看見是孫大聖急回到水晶宮裡報知那老龍王敖廣
即率龍子龍孫鰕兵蟹卒一齊出門迎接請裡面坐坐定
禮畢告茶行者道不勞茶有一事相煩我因師父唐僧往
西天拜佛取經經過號山枯松澗火雲洞有個紅孩兒妖
精號聖嬰大王把我師父拿了去是老孫尋到洞邊與他
交戰他却放出火來我們禁不得他想著水能尅火特來

問你求些水去與我下場大雨潑滅了妖火救唐僧一難那龍王道大聖差了若要求取雨水不該來問我行者道你是四海龍王主司雨澤不來問你卻去問誰龍王道我雖司雨不敢擅專須得玉帝旨意分付在那地方要幾尺幾寸甚麼時辰起住還要三官舉筆太乙移文會定了雷公電母風伯雲童俗語云龍無雲而不行哩行者道我也不用著風雲雷電只是要些雨水滅火龍王道大聖不用風雲雷電但我一人也不能助力著舍弟們同助大聖一功如何行者道令弟何在龍王道南海龍王敖欽北海龍王敖閏西海龍王敖順行者笑道我若再遊過三海不如

上界去求玉帝旨意了。龍王道。不消大聖去。只我這裏擂動鐵鼓金鍾。他自頃刻而至。行者聞其言道。老龍王快擂鍾鼓。須臾間三海龍王擁至。問大哥有何事命弟等。敖廣道。孫大聖在這裡借雨助力降妖。三弟即引進見畢。行者備言借水之事。衆神個個懽從。即點起

鯊魚驍勇爲前部。鱯痴口大作先鋒。鯉元帥翻波跳浪。
鯾提督吐霧噴風。鯖太尉東方打哨。鮊都司西路催征。
紅眼馬郎南面舞。黑甲將軍北下衝。鱑把總中軍掌號。
五方兵處處英雄。縱横機巧黿樞密。妙筭玄微龜相公。
有謀有智鼉丞相。多變多能鼈總戎。横行蟹士輪長劍。

直跳鰕婆扯硬去。鮎外郎查明文簿。點龍兵出離波中。

詩曰

四海龍王喜助功　齊天大聖請相從　只因三藏途中難

借水前來滅火紅

那行者。領着龍兵。不多時早到號山枯松澗上。行者道。敖氏昆玉。有煩遠跡。此間乃妖魔之處。汝等且停于空中不要出頭露面。讓老孫與他賭鬭。若羸了他。不須列位提拿若輸與他。也不用列位助陣。只是他但放火時。可聽我呼喚。一齊噴雨。龍王俱如號令。行者却按雲頭。入松林裡見了八戒沙僧。叫聲兄弟。八戒道。哥哥來得快啞。可曾請得龍王來。行者道俱來了。你兩個切須仔細。只怕雨大莫濕了行李。待老孫與他打去。沙僧道師兄放心前去我等俱理會得了。行者跳過澗到了門首叫聲開門那些小妖又去報道孫行者又來了。紅孩仰面笑道。那猴子想是火中不曾燒了他。故此又來。這一來切莫饒他。斷然燒個皮焦肉爛。纔罷。急縱身挺著長鎗教小的們推出火車子來走出門前對行者道你又來怎的。行者道還我師父來。那怪道你這猴頭忒不通變那唐僧與你做得師父也與我做

如今師父連按酒也

做不得

得按酒你還思量要他哩莫想莫想行者聞言十分惱怒掣金箍棒劈頭就打。那妖精使火尖鎗急架相迎這一場

賭鬬比前不同。好殺。
怒發潑妖魔。惱急猴王將這一個專救取經僧。那一個要吃唐三藏。心變沒親情。情疎無義讓。這個恨不得提住活剝皮。那個恨不得拿來生蘸醬。真個忒英雄。果然多猛壯。棒來鎗架賭輸贏。鎗去棒迎爭下上。舉手相輪二十回。兩家本事一般樣。

那妖王與行者戰經二十回合。見得不能取勝。虛幌一鎗急抽身。揑着拳頭。又將鼻子。搥了兩下。却就噴出火來。那門前車子上煙火迸起。口眼中赤熖飛騰。孫大聖回頭叫道。龍王何在。那龍王兄弟帥衆水族。望妖精火光裡噴下下來。好雨真個是。
瀟瀟灑灑。密密沉沉。瀟瀟灑灑。如天邊墜落星辰。密密沉沉。似海口倒懸浪滾。起初時如拳大小。次後來甕潑盆傾。滿地澆流。鴨頂綠。高山洗出佛頭青。溝壑水飛千丈玉。澗泉波漲萬條銀。三叉路口看看滿。九曲溪中漸漸平。這個是唐僧有難神龍助。扳倒天河往下傾。
那雨淙淙大小。莫能止息那妖精的火勢。原來龍王私雨。只好潑得凡火。妖精的三昧真火。如何潑得。好一似火上澆油。越潑越灼。大聖道。等我捻著訣。鑽入火中。輪鐵棒尋妖要打。那妖見他來到。將一口煙劈臉噴來。行者急回頭爥音秋得眼花雀亂忍不住淚落如雨原來這大聖不怕火只怕煙當年因大鬧天宮時被老君放在八卦爐中鍛過（好點綴）一番他幸在那巽位安身不曾燒壞只是風攪得煙來把他爥做火眼金睛故至今只是怕煙那妖又噴一口行者當不得縱雲頭走了那妖王却又收了火具回歸洞府這大聖一身煙火暴躁難禁徑投于澗水內救火怎知被冷水一逼弄得火氣攻心三魂（好描點）出舍可憐氣塞胸堂喉舌冷魂飛魄散喪殘生慌得那四海龍王在半空裡收了雨澤高聲大叫天蓬元帥捲簾將軍休在林中藏隱且尋你師兄出來八戒與沙僧聽得呼他聖號急忙解了馬挑着担

奔出林來也不顧泥濘順澗邊我尋只見那上溜頭翻波滚浪急流中淌下一個人來沙僧見了連衣跳下水中抱上岸來却是孫大聖身軀噫你看他踡跼四肢伸不得渾身上下冷如氷沙和尚滿眼垂淚道師兄可惜了你億萬年不老長生客如今化作個中途短命人八戒笑道兄弟莫哭這猴子佯推死嚇我們哩你摸他摸胸前還有一點熱氣沒有沙僧道渾身都冷了就有一點兒熱氣怎的就得回生八戒道他有七十二般變化就有七十二條性命你扯著腳等我擺佈他真個那沙僧扯著腳八戒扶著頭把他拽個直推上腳來盤膝坐定八戒將兩手搓熱仵住

他的七竅使一個按摩禪法原來那行者被冰水逼了氣阻丹田不能出聲却幸得八戒按摸揉擦須臾間氣透三關轉明堂沖開孔竅叫了一聲師父阿沙僧道哥阿你生爲師父死也還在口裡且甦醒我們在這里哩行者睜開眼道兄弟們在這里老孫吃了虧也八戒笑道你纔方發昏的若不是老猪救你阿已此了帳了還不謝我哩行者却纔起身仰面道敖氏弟兄何在那四海龍王在半空中答應道小龍在此伺候行者道累你遠勞不曾成得功果且請回去改日再謝龍王帥水族泱泱而回不在話下沙僧攙著行者一同到松林之下坐定少時間却定神順氣

止不住淚滴腮邊。又叫師父阿。
憶昔當年出大唐。巖前救我出災殃。三山六水遭魔障。
萬苦千辛割寸腸。托鉢朝食隨厚薄。參禪暮宿或林庄。
一心指望成功果。今日安知痛受傷
沙僧道。哥哥。且休煩惱。我們早安計策。去那里請兵助力。
達救師父耶。行者道。那里請救麽。沙僧道。當初菩薩分付
着我等保護唐僧。他曾許我們叫天天應。叫地地應。那里
請救去。行者道。想老孫大鬧天宮時。那些神兵都禁不得
我。這妖精神通不小。須是比老孫手段大些的。纔降得他
哩。天神不濟。地煞不能。若要拿此妖魔。須是去請觀音菩

薩纔好。奈何我皮肉酸麻腰膝疼痛。駕不起觔斗雲。怎生請得八戒道。有甚話分付。等我去請行者笑道也罷你是去得。若見了菩薩。切休仰視。只可低頭禮拜。等他問時你却將地名妖名說與他再請救師父之事。他若肯來。定取擒了怪物。八戒聞言即便駕了雲霧。向南而去。却說那個妖王在洞裡懽喜道。小的們孫行者。吃了虧去了。這一陣雖不得他死。好道也發個大昏。唉。只怕他又請救兵來也快開門。等我去看他請誰。衆妖開了門。妖精就跳在空裡觀看只見八戒往南去了。妖精想着南邊再無他處。斷然是請觀音菩薩。急按下雲叫小的們把我那皮袋尋出來。

緊時不用只恐口繩不牢與我換上一條放在二門之下等我去把八戒賺將回來裝于袋內蒸得稀爛犒勞你們原來那妖精有一個如意的皮袋衆小妖拿出來換了口繩安于洞門內不題却說那妖王久居于此俱是熟遊之地他曉得那條路上南海去近那條去遠他從那近路上一駕雲頭赶過了八戒端坐在壁巖之上變作一個假觀世音模樣等候著八戒那獃子正縱雲行處忽然望見菩薩他那里識得真假這纔是見像作佛獃子停雲下拜道菩薩弟子猪悟能叩頭妖精道你不保唐僧去取經却見我有何事幹八戒道弟子因與師父行至中途遇著號山

枯松澗火雲洞有個紅孩兒妖精他把我師父攝了去是弟子與師兄等尋上他門與他交戰他原來會放火頭一陣不曾得贏第二陣請龍王助雨也不能滅火師兄被他燒壞了不能行動着弟子來請菩薩萬望垂慈救我師父一難妖精道那火雲洞洞主不是個傷生的一定是你們冲撞了他也八戒道我不曾冲撞他是師兄悟空冲撞他的他變作一個小孩兒吊在樹上試我師父師父甚有善心教我解下來着師兄馱他一程是師兄攢了他一攢他就弄風兒把師父攝去了妖精道你起來跟我進那洞裡見洞主與你說個人情你陪一個禮把你師父討出來罷

八戒道菩薩啞若肯還我師父就磕他一個頭也罷妖王
道你跟來那獃子不知好歹就跟着他徑回舊路却不向
南洋海隨赴火雲門頃刻間到了門首妖精進去道你休
疑忌他是我的故人你進來獃子只得舉步入門衆妖一
齊吶喊將八戒捉倒裝于袋內束緊了口繩高吊在馱梁
之上妖精現了本相坐在當中道猪八戒你有甚麽手段
就敢保唐僧取經就敢請菩薩降我你大睜着兩個眼還
不認得我是聖嬰大王哩如今拿你吊得三五日蒸熟了
賞賜小妖權爲案酒八戒聽言在裡面罵道潑怪物十分
無禮若論你百計千方騙了我吃管教你一個個遭瘟

天瘟獃子罵了又罵嚷了又嚷不題却說孫大聖與沙僧正坐只見一陣腥風刮面而過他就打了一個噴嚏道不好不好這陣風凶多吉少想是猪八戒走錯路也沙僧道他錯了路不會問人行者道想是撞見妖精了沙僧道撞見妖精他不會跑回行者道不停當你坐在這里看守等我跑過澗去打聽打聽沙僧道師兄腰疼只恐又着他手等小弟去罷行者道你不濟事還讓我去好行者咬著牙忍著疼捻著鐵棒走過澗到那火雲洞前叫聲妖怪那把門的小妖又急入裡報孫行者又在門首叫喚那妖王傳令叫拿那駿小妖鎗刀簇擁齊聲吶叫即開門都道拿住

拿住行者果然疲倦不敢相迎將身鑽在路傍念個咒語叫變即變做一個銷金包袱小妖看見報道大王孫行者怕了只見說一聲拿字慌得把包袱丟下走了妖王笑道那包袱也無甚麽值錢之物左右是和尚的破偏衫舊帽子背進來折洗做補襯一個小妖果將包袱背進不知是行者變的行者道好了這個銷金包袱背着了那妖精不以為事丟在門內好行者假中又假虛裡還空即拔一根毫毛吹口仙氣變作個包袱一樣他的真身却又變作一個蟭蟟兒丁在門樞上只聽得八戒在那里哼哩哼的聲音不清却似一個瘟猪行者嚶的飛了去尋時原來他弔

在皮袋裡也。行者丁在皮袋又聽得他惡言惡語罵道。妖怪長妖怪短。你怎麼假變作個觀音菩薩。哄我回來。吊我在此。還說要吃我。有一日我師兄

大展齊天無量法。滿山潑怪等時擒。解開皮袋放我出。築你千鈀方趁心。

行者聞言暗笑道。這獃子。雖然在這裡面受悶氣。却還不倒了旗鎗。老孫一定要拿了此怪。若不如此。怎生雪恨。正欲設法拯救八戒出來。只聽得妖王叫道。六健將何在。時有六個小妖。是他知己的精靈。封為健將。都有名字。（好名字）一個叫做雲裡霧。一個叫做霧裡雲。一個叫做急如火。一個叫

傳快如風一個叫做興烘攛一個叫做掀烘興六健將上前跪下妖王道你們認得老大王家麼六健將道認得妖王道你與我星夜去請老大王來說我這里捉唐僧蒸與他吃壽延千紀六怪領命一個個厮拖厮扯徑出門去了行者嚶的一聲飛下袋來跟定那六怪躲離洞中畢竟不知怎的請來且聽下回分解

總評

篇中云肝木能生心火旺心火致令脾土平脾土生金金化水水能生木徹通靈生生化化皆因火火徧長空萬物榮從此看來病亦是火藥亦是火要知要

知。

第四十二回

大聖慇懃拜南海　觀音慈善縛紅孩

話說那六健將出洞門，徑往西南上，依路而走。行者心中暗想道：他要請老大王吃我師父，老大王斷是牛魔王。我老孫當年與他相會，真個意合情投，交游甚厚。至如今我歸正道，他還是邪魔。雖則久別，還記得他模樣。且等老孫變作牛魔王，哄他一哄，看是何如。好行者，躲離了六個小妖，展開翅，飛向前邊，離小妖有十數里遠近，搖身一變，變作個牛魔王，拔下幾根毫毛，叫變，即變作幾個小妖，在那山凹裡駕鷹牽犬，搭弩張弓，充作打圍的樣子，等候那六健將那一夥廝拖廝扯正行時忽然看見牛魔王坐在中間慌得興烘焮焮烘興撲的跪下道老大王爺爺在這裡也那雲裡霧霧裡雲急如火快如風都是肉眼凡胎那里認得真假也就一同跪倒磕頭道爺爺小的們是火雲洞聖嬰大王處差來請老大王爺爺去吃唐僧肉壽延千紀哩行者借口答道孩兒們起來同我回家去換了衣服來也小妖叩頭道望爺爺方便不消回府罷路程遙遠恐我大王見責小的們就此請行行者笑道好乖兒女也罷也罷向前開路我和你去來六怪抖擻精神向前喝路大聖隨後而來不多時早到了本處快如風急如火撞進洞裡

報大王老大王爺爺來了妖王歡喜道你們都中用這等來的快即便叫各路頭目擺隊伍開旗鼓迎接老大王爺爺滿洞群妖遵依吉令齊齊整整擺將出去這行者（猴）昂昂烈烈挺著胸脯把身子抖了一抖却將那架鷹犬的毫毛都收回身上拽開大步徑步入門裡坐在南面當中紅孩兒當面跪下朝上叩頭道父王孩兒拜揖行者道孩兒免（辭得做）禮（以父親却是變聖爲魔了自尊大者着眼）那妖王四大拜拜畢立于下手行者道我見請我來有何事妖王躬身道孩兒不才昨日獲得一人乃東土大唐和尚常聽得人講他是個十世修行之人有人吃他一塊肉壽似蓬瀛不老仙愚男不敢自食特請父王同享唐僧

之肉壽延千紀行者聞言打了個失驚道我見是那個唐

好照管

僧妖王道是往西天取經的人也行者道我見可是孫行

猴極矣妙絕

者師父麼妖王道正是行者擺手搖頭道莫惹他莫惹他
別的還好惹孫行者是那樣人哩我賢郎你不曾會他那
猴子神通廣大變化多端他曾大鬧天宮玉皇上帝差十
萬天兵佈下天羅地網也不曾捉得他你怎麼敢吃他師

那知是自家賣弄

父快早送出去還他不要惹那猴子他若打聽著你吃了
他師父他也不來和你打他只把那金箍棒往山腰裡搠
個窟窿連山都搠了去我兒奚得你何處安身教我倚靠
何人養老妖王道父王說那里話長他人志氣滅孩兒的

威風那孫行者共有兄弟三人領唐僧在我半山之中被我使個變化將他師父攝來他與那猪八戒當時尋到我的門前講甚麼攀親托熟之言被我怒發冲天與他交戰幾合也只如此不見甚麼高作那猪八戒刺斜里就來助戰是孩兒吐出三昧真火把他燒敗了一陣（看眼三昧真火燒得他敗）慌得他去請四海龍王助雨又不能滅得我三昧真火被我燒了一個小發昏連忙著猪八戒去請南海觀音菩薩是我假變觀音把猪八戒賺來見吊在如意袋中也要蒸他與衆小的們吃哩那行者今早又來我的門首吆喝我傳令教拿他慌得他把包袱都丟下走了卻纔相請父王來看看唐僧

活像方可蒸與你吃延壽長生不老也行者笑道我賢郎呵你只知有三昧火贏得他不知他有七十二般變化哩妖王道憑他怎麼變化我也認得諒他决不敢進我門來行者道我兒你雖然認得他他却不變大的如狼抗大像（人人不認真都面孔首一紅孩兒也哉）恐進不得你門他若變作小的你却難認妖王道憑他變甚小的我這里每一層門上有四五個小妖把守他怎生得入行者道你是不知他會變蒼蠅蚊子虼蚤或是蜜蜂蝴蝶并蟭蟟蟲等項又會變我模樣（瘦捷）你却那里認得妖王道勿慮他就是鐵膽銅心也不敢近我門來也行者道既如此說賢郎甚有手段實是敵得他過方來請我吃唐僧

的因緣何我今日還不吃哩妖王道如何不吃行者道我
近來年老你母親常勸我作些善事我想無甚作善且持（猴猴魔亦持齋不魔不持）
些齋戒（齋了）妖王道不知父王是長齋是月齋行者道也不是
長齋也不是月齋喚做雷齋每月只該四日妖王問是那
四日行者道三辛逢初六今朝是辛酉日（猴）一則當齋二來
酉不會客且等明日我去親自刷洗蒸籠與兒等同享罷
那妖王聞言心中暗想道我父王平日吃人爲生今活勾
有一千餘歲怎麼如今又吃起齋來了想當初作惡多端（吃三四）
這三四日齋戒（日爲要折平日過惡今人極多）那里就積得過來此言有假可疑可疑即
抽身走出二門之下叫六健將來問你們老大王是那里

請來的小妖道是半路請來的妖王道我說你們來的快
不會到家麽小妖道是不曾到家妖王道不好了著了他
（着眼須知誰是自已父親）
假也這不是老大王小妖一齊跪下道大王自已父親也
認不得妖王道觀其形容動靜都像只是言語不像只怕
著了他假吃了人虧你們都要仔細會使刀的刀要出鞘
會使鎗的鎗要磨明會使棍的使棍會使繩的使繩待我
再去問他看他言語如何若果是老大王莫說今日不吃
明日不吃便遲個月何妨假若言語不對只聽我限的一
聲就一齊下手群魔各各領命說道妖王復轉身到于裡
面對行者當面又拜行者道孩兒家無常禮不須拜但有

甚話只管說來妖王伏于地下道愚男一則請來奉獻唐
僧之肉二來有句話兒上請我前日閑行駕辭光直至九
霄空內忽逢著祖延道齡張先生行者道可是做天師的（幻○極○此○司○却○）
張道齡麼妖王道正是行者問曰有甚話說妖王道他見（也○怨○得○）
孩兒生得五官周正三停平等他問我是幾年那月那日
那時出世兒因年幼記得不真先生子平精熟要與我推（真○是○敵○手○）
看五星今請父王正欲問此倘或下次再得相會他好煩
他推筭行者聞言坐在上面暗笑道好妖怪噎老孫自歸
佛果保唐師父一路上也捉了幾個妖精不似這廝尅剝（畫○他○心○事○）
他問我甚麼家長禮短少米無柴的話說我也好信口搶

朧答他他如今問我生年月日我却怎麼知道好猴王也十分乖巧巍巍端坐中間也無一些兒懼色（賦猴）面上反喜盈盈的笑道賢郎請起我因年老連日有事不遂心懷把你生時果偶然忘了且等到明日回家問你母親便知妖王（好猴對手）道父王把我八個字時常不離口論說說我有同天不老之壽怎麼今日一旦忘了豈有此理必是假的哏的一聲羣妖鎗刀簇擁望行者沒頭沒臉的剁來這大聖使金箍棒架住了現出本像對妖精道賢郎你却沒理那里兒子（好猴）好打爺的那妖王滿面羞慚不敢回視行者化金光走出他的洞府小妖道大王孫行者走了妖王道罷罷罷讓他

走了罷我吃他這一場虧也且關了門莫與他打話只來
刷洗唐僧蒸吃便罷那說那行者拏著鐵棒呵呵大笑自
澗那邊而來沙僧聽見急出林迎著道哥阿這半日方回
如何這等哂笑想救出師父來也行者道兄弟雖不曾救
得師父老孫卻得個上風來了沙僧道甚麼上風行者道
原來豬八戒被那怪假變觀音哄將回來吊于皮袋之內
我欲設法救攙不期他著甚麼六健將去請老大王來吃
師父肉是老孫想著他老大王必是牛魔王就變了他的
模樣充將進去坐在中間他叫父王我就應他他便叩頭
我就直受著實快活果然得了上風沙僧道哥阿你便圖

這般小便宜、恐師父性命難保。行者道不須慮等我去請菩薩來、沙僧道你還腰疼哩。行者道我不疼了。古人云人逢喜事精神爽。你看著行李馬匹。等我去。沙僧道你置下佹了。恐他害我師父。你須快去快來。行者道我來得快只消頓飯時就回來矣。好大聖。說話間身離了沙僧。縱觔斗雲徑投南海。在那半空裡。那消半個時辰。望見普陀山景須臾按下雲頭。直至落伽崖上。端肅正行。只見二十四路諸天迎著道。大聖那裡去。行者作禮畢道。要見菩薩。諸天道少停。容通報。時有鬼子母諸天來潮音洞外報于菩薩得知。孫悟空特來參見。菩薩聞報。即命進去。大聖斂衣皈

命捉定步徑入裡邊見菩薩倒身下拜菩薩道悟空你不
領金蟬子西方求經去卻來此何幹行者道上告菩薩弟
子保護唐僧前行至一方乃號山枯松澗火雲洞有一個
紅孩兒妖精喚作聖嬰大王把我師父攝去是弟子與豬
（誰聖不嬰道嬰能聖）
悟能等尋至門前與他交戰他放出三昧火來我等不能
取勝救不出師父急上東洋大海請到四海龍王施雨水
（著眼令人讀不破、熄卻可憐可憐）
又不能勝火把弟子都燻壞了幾乎喪了殘生菩薩道既
他是三昧火神通廣大怎麼去請龍王不來請我行者道
本欲來的只是弟子被煙燻了不能駕雲卻教豬八戒來
請菩薩菩薩道悟能不曾來哑行者道正是未曾得到寶

山被那妖精假變做菩薩模樣把猪八戒又賺入洞中現
（菩薩也大）
吊在一個皮袋裡也要蒸吃哩菩薩聽說心中大怒道那
（怒大怒便不是菩薩）
潑妖敢變我的模樣恨了一聲將手中寶珠淨瓶往海心
裡撲的一摜諕得那行者毛骨竦然即起身侍立下面道
（○○○菩○眼○火○性○不退佛性日退矣）
這菩薩火性不退好是怪老孫說的話不好壞了他的德
行就把淨瓶摜了可惜可惜早知送了我老孫却不是一
件大人事說不了只見那海當中翻波跳浪鑽出個瓶來
原來是一個怪物駝著出來行者仔細看那駝瓶的怪物
怎生模樣

根源出處號帮泥水底揜光獨顯蹤世隱能知天地性

安藏偏曉兒神機藏身一縮無頭尾展足能行快似飛文王畫卦曾元卜常納庭臺伴伏羲雲龍透出千般俏號水推波把浪吹條條金線穿成甲點點裝成彩玳瑁九宮八卦袍披定散碎鋪遮綠燦衣生前好勇龍王幸死後還駝佛祖碑要知此物名和姓興風作浪惡烏龜（藏得妙偏是惡烏龜與興風作浪）那龜馱著淨瓶爬上崖邊對菩薩點頭二十四點權爲二十四拜行者見了暗笑道原來是管瓶的想是不見瓶就問他要菩薩道悟空你在下面說甚麼行者道沒說甚麼菩薩教拿上瓶來這行者即去拿瓶唉莫想拿得他動好便似蜻蜓撼石柱怎生搖得半分毫行者上前跪下道菩

薩弟子拿不動菩薩道你這猴頭只會說嘴瓶兒你也拿不動怎麼去降妖縛怪行者道不瞞菩薩說平日拿得動今日拿不動想是吃了妖精虧觔力弱了菩薩道常時是個空瓶如今是淨瓶抛下海去這一時間轉過了三江五湖八海四瀆溪源潭洞之間共借了一海水在裡面你那里有架海的斤量此所以拿不動也行者合掌道是弟子不知那菩薩走上前將右手輕輕的提起淨瓶托在左手掌上只見那龜點點頭鑽下水去了行者道原來是個養家看瓶的夯貨菩薩坐定道悟空我這瓶中甘露水漿比那龍王的私雨不同能滅那妖精的三昧火待要與你拿

了去你却拿不動待要善財龍女與你同去你却又不
是好心專一只會騙人你見我這龍女貌美淨瓶又是個
極文人文字顛如此
寶物你假若騙了去却那有工夫又來尋你你須是留須
些甚麼東西作當行者道可憐菩薩這等多心我弟子自
秉沙門一向不幹那樣事了你教我留些當頭却將何物
我身上這件錦布直裰還是你老人家賜的這條虎皮裙
子能值幾個銅錢這根鐵棒早晚却要護身但只是頭上
這個箍兒是個金的却又被你弄了個方法兒長在我頭
上取不下來你今要當頭情愿將此為當你念個鬆箍兒
咒將此除去罷不然將何物為當菩薩道你好自在阿我

也不要你的衣服鐵棒金箍只將你那腦後救命的毫毛拔一根與我作當罷行者道這毫毛也是你老人家與我的但恐拔下一根就折破群了又不能救我性命菩薩
看眼菩薩說趣話
罵道你這猴子你便一毛也不拔教我這善財也難捨行者笑道菩薩你却也多疑正是不看僧面看佛面千萬救我師父一難罷那菩薩

逍遥欣喜下蓮臺雲步香飄上石崖只爲聖僧遭障害
要降妖怪救回來

孫大聖十分歡喜請觀音出了潮音仙洞諸天神將都列在普陀巖上菩薩道悟空過海行者躬身道請菩薩先行

菩薩道你先過去行者磕頭道弟子不敢在菩薩面前施展若駕觔斗雲呵掀露身體恐菩薩怪我不敬菩薩聞言即著善財龍女去蓮花池裡劈一瓣蓮花放在石巖下邊水上教行者你上那蓮花瓣兒我渡你過海行者見了道菩薩這花瓣兒又輕又薄如何載得我起這一躧翻跌下水去卻不濕了虎皮裙走了硝天冷怎穿菩薩喝道你且上去看行者不敢推辭捨命往上跳果然先見輕小到上面比海船還大三分行者歡喜道菩薩載得我了菩薩道既載得如何不過去行者道又沒個篙槳篷桅怎生得過菩薩道不用只把他一口氣吹開吸攏又著實一口氣吹

過南洋苦海得登彼岸行者却脚踏實地咲道這菩薩賣弄神通把老孫這等呼來喝去全不費力也那菩薩分付槩衆諸天各守仙境着善財龍女閉了洞門他却縱祥雲躲離普陀巖到那邊叫惠岸何在惠岸乃托塔李天王第二個太子俗名木叉是也乃菩薩親傳授的徒弟不離左右稱爲護法惠岸惠向即對菩薩合掌侍候菩薩道你快上界去見你父王問他借天罡刀來一用惠岸道師父用着幾何菩薩道全副都要惠岸領命即駕雲頭徑入南天門裡到雲樓宮殿見父王下拜天王見了問兒從何來木叉道師父是孫悟空請來降妖着兒拜上父王將天罡刀

借了一用。天王即喚哪吒將刀取三十六把。遞與木叉。木
叉對哪吒說兄弟你回去多拜上母親我事緊急等送刀
來再磕頭罷忙忙相別按落祥光徑至南海將刀捧與菩
薩。菩薩接在手中拋將去。念個咒語。只見那刀化作一座
千葉蓮臺。菩薩縱身上去。端坐在中間行者在傍暗笑道。
這菩薩。省使儉用前蓮花池裡。有五色寶蓮臺捨不得坐
將來。却又問別人去借。菩薩道。悟空休言語。跟我來也。却
纔都駕著雲頭離了海上。白鸚哥。展翅前飛。孫大聖。與惠
岸隨後。頃刻間。早見一座山頭。行者道這山就是號山了。
從此處到那妖精門首。約摸有四百餘里。菩薩聞言。即命

住下祥雲，在那山頭上念一聲唵字咒語，只見那山左山右走出許多神鬼，却乃是本山土地衆神，都到菩薩寶蓮座下磕頭。菩薩道，汝等俱莫驚張，我今來擒此魔王，你與我把這團圓打掃乾淨，要三百里遠近地方，不許一個生靈在地，將那窩中小獸，窟内雛虫，都送在巔峯之上安生。衆神遵依而退，須臾間，又來回復。菩薩道，既然乾淨，俱各回祠。遂把淨瓶扳倒，唿喇喇傾出水來，就如雷響。真個是

漫過山頭，沖開石壁。漫過山頭如海勢，沖開石壁似汪洋。黑霧漲天全水氣，滄波影日幌寒光。徧崖沖玉浪，滿海長金蓮。菩薩大展降魔法，袖中取出定身禪，化做落

伽仙景界，真如南海一般般，秀蒨挺出曇花嫩，香艸舒開貝葉鮮，紫竹幾竿，鸚鵡歇，青松數簇，鷓鴣喧，萬疊波濤連四野，只聞風吼水漫天。

孫大聖見了，暗中讚嘆道，果然是一個大慈大悲的菩薩，若老孫有此法力，將瓶兒望山一倒，管甚麽禽獸蛇虫哩。菩薩叫悟空伸手過來，行者即忙斂袖，將左手伸出，菩薩拔楊柳枝，蘸甘露，把他手心裡寫一個迷字，教他揑著拳頭，快去與那妖精索戰，許敗不許勝，引將來我這根前，我自有法力收他，行者領命，返雲光，徑來至洞口，一隻手使拳，一隻手使棒，高叫道，妖怪開門，那些小妖，又進去報道，

孫行者又來了。妖王道，緊閉了門，莫採他。行者叫道，好兒
子，把老子赶在門外，還不開門。小妖又報道，孫行者罵出
那話兒來了。妖王只教莫採他。行者叫兩次，見不開門，心
中大怒，舉鐵棒將門一下，打了一個窟窿，慌得那小妖跌
將進去道，孫行者打破門了。妖王見報幾次，又聽說打破
前門，急縱身跳將出去，挺長鎗，對行者罵道，這猴子，老大
不識起倒。我讓你得些便宜，你還不知盡足，又來欺我。打
破我門，你該個甚麼罪名。行者道，我兒，你赶老子出門，你
該個甚麼罪名。那妖王羞怒，綽長鎗劈胸便刺。這行者舉
鐵棒架隔相還。一番搭上手，鬬經四五個回合，行者揑著

拳頭拖著棒敗將下來那妖王立在山前道我要剮洗唐
僧去哩行者道好兒子天看著你哩你來那妖精聞言愈
加嗔怒喝一聲赶到面前挺鎗又刺這行者輪棒又戰幾
合敗陣又走那妖王罵道猴子你在前有二三十合的本
趣話妙
事你怎麼如今正鬪時就要走了何也行者笑道賢郎老
甚小說大不可無此
子怕你放火妖精道我不放火了你上來行者道既不放
火走開些好漢子莫在家門前打人那妖精不知是詐真
個舉鎗又赶行者拖了棒放了拳頭那妖王著了迷亂只
情追赶前走的如流星過度後走的如弩箭離絃不一時
望見那菩薩了行者道妖精我怕你了你饒我罷你如今

赶至南海觀音菩薩處還不回去、那妖王不信、咬著牙只管赶來、行者將身一幌、藏在那菩薩的神光影裡、這妖精見没了行者、走近前睜圓眼對菩薩道、你是孫行者請來的救兵麼、菩薩不答應、妖王撚轉長鎗喝道、咄、你是孫行者請來的救兵麼、菩薩也不答應、妖精望菩薩劈心刺一鎗來、那菩薩化道金光、徑走上九霄空裡、行者跟定道、菩薩你好欺伏我罷了、那妖精再三問你、你怎麼推聾粧瘂、不敢做聲、被他一鎗撇走了、卻把那個蓮臺都丢下耶、菩薩只教莫言語、看他再要怎的、此時行者與木叉俱在空中並肩同看、只見那妖呵呵冷笑道、潑猴頭錯認了我也、他不知把我聖嬰當作個甚人幾番家戲我不過又去請個甚麼膿包菩薩來。卻被我一鎗搠得無形無影去了。又把個寶蓮臺兒丟了。且等我上去坐坐。好妖精。他也學菩薩盤手盤腳的坐在當中。行者看見道。好好好。蓮花臺兒好送人了。菩薩道。悟空。你又說甚麼。行者道。說甚說甚。蓮臺送了人了。那妖精坐放臀下。終不得你還要哩。菩薩道。正要他坐哩。行者道。他的身軀小巧。比你還坐得穩當。菩薩叫莫言語。且看法力。他將楊柳枝往下指定。叫一聲退。

此處又趣看落局異妙甚

只見那蓮臺花彩俱無。祥光盡散。原來那妖王坐在刀尖之上。即命木叉使降妖杵把刀柄兒打打去來。那木叉接下雲頭將降魔杵如築墻一般築了有千百餘下那妖精穿通兩腿刀尖出血流成江皮肉開好怪物你看他咬著牙忍著疼且丟了長鎗用手將刀亂拔行者却道菩薩啊那怪物不怕疼還拔刀哩菩薩見了喚上木叉且莫傷他生命却又把楊柳枝垂下念聲唵字咒語那天罡刀都變做倒鬚勾兒狼牙一般莫能褪得那妖精却纔慌了扳著刀尖痛聲苦告道菩薩我弟子有眼無珠不識你廣大法力千乞垂慈饒我性命再不敢恃惡願入法門戒行也菩薩聞言却與那行者白鸚哥低下金光到了妖精面前問道你可受吾戒行麽妖王點頭滴淚道若饒性命願受戒

行菩薩道你可入我門麼妖王下道果饒性命願入法門菩薩道既如此我與你摩頂受戒就袖中取出一把金剃頭刀兒近前去把那怪分頂剃了幾刀剃作一個太山壓頂與他留下三個頂搭挽起三個窩角揪兒行者在傍笑道這妖精大晦氣弄得不男不女不知像個甚麼東西菩薩道你今既受我戒我却也不慢你稱你做善財童子如何那妖點頭受持只望饒命菩薩却用手一指叫聲退揮的一聲天罡刀都脫落塵埃那童子身軀不損菩薩叫惠岸你將刀送上天宮還你父王莫來接我先到普陀巖會衆諸天等候那木叉領命送刀上界回海不題却說那童子

野性不定見那腿疼處不疼脊破處不破頭撧了三個揪兒他走去綽起長鎗望菩薩道那里有甚真法力降我原來是個掩樣術法兒不受甚戒看鎗望菩薩劈臉刺來狠得個行者輪鐵捧要打菩薩只叫莫打我自有懲治却又袖中取出一個金箍兒來道這寶貝原是我佛如來賜我往東土尋取經人的金緊禁三個箍兒緊箍兒先與你戴了禁箍兒收了守山大神這個金箍兒未曾捨得與人今觀此怪無禮與他罷好菩薩將箍兒迎風一幌叫聲變即變作五個箍兒望童子身上拋了去喝聲著一個套在他頭頂上兩個套在他左右手上兩個〻左右脚上菩

薩道悟空走開些等我念念金箍兒咒行者慌了道菩薩啞請你來此降妖如何却要咒我菩薩道這篇咒不是緊箍兒咒咒你的是金箍兒咒咒那童子的行者却纔放心緊隨左右聽得他念咒菩薩捻著訣默默的念了幾遍那妖精搓耳揉腮攢蹄打滾正是

一句能通遍沙界　廣大無邊法力深

畢竟不知那童子怎的皈依且聽下回分解

總評

篇中云作惡多端這三四日齋戒那裡就積得過來此處極可提醒佛口蛇心的齋公又云你便一毫不

扳教我這善財難捨此處極可提醒白手抄化的和
尚

第四十三回

黑河妖孽擒僧去　西洋龍子捉鼉回

却說那菩薩念了幾遍却纔住口那妖精就不疼了又正性起身看處頸項裡與手足上都是金箍勒得疼痛便就除那箍兒時莫想褪得動分毫這寶貝已此是見肉生根越抹越痛行者笑道我那乖乖菩薩恐你養不大與你戴個頸圈鐲頭哩那童子聞此言又生煩惱就此綽起鎗來望行者亂刺行者急閃身立在菩薩後面叫念咒念咒那菩薩將楊柳枝兒蘸了一點甘露灑將去叫聲合只見他丟了鎗一雙手合掌當胸再也不能開放至今留了一個

觀音扭。即此意也那童子開不得手。拿不得鎗。方知是法力深微。沒奈何。纔納頭下拜。菩薩念動真言。把淨瓶欹倒將那一海水。依然收去更無半點存留對行者道悟空這妖精已是降了。却只是野心不退等我教他一步一拜。只拜到落伽山方才收法你如今快早去洞中救你師父去來。行者轉身叩頭道有勞菩薩遠涉弟子當送一程菩薩道你不消送恐怕悮了你師父性命。行者聞言。歡喜叩別那妖精早歸了正果五十三。叅叅拜觀音。且不題善菩薩收了童子。却說那沙和尚。久坐林間。盼望行者不到。將行李稍在馬上。一隻手執著降妖寶杖。一隻手牽著韁繩出松林向南觀看只見行者欣喜而來沙僧迎着道哥哥你怎麼去請菩薩此時纔來焦殺我也行者道你還做夢哩老孫已請了菩薩降了妖怪行者卻將菩薩的法力備陳了一遍沙僧十分懽喜道救師父去也他兩個纔跳過澗去撞到門前拴下馬匹舉兵器齊打入洞裡剿淨了群妖解下皮袋放出八戒來那獃子謝了行者道哥哥那妖精在那里等我去築他幾鈀出出氣來行者道且尋師父去三人徑至後邊只見師父赤條條綑在院中哭哩沙僧連忙解繩行者即取衣服穿上三人跪在面前道師父吃苦了三藏謝道賢徒阿多累你等怎生降得妖魔也行者又

將請菩薩收童子之言備陳一遍三藏聽得即忙跪下朝南禮拜行者道不消謝他轉是我們與他作福收了一個童子如今說童子拜觀音五十三叅叅叅見佛即此是也教沙僧將洞內寶物收了且尋米粮安排齋飯管待了師父那長老得性命全虧孫大聖取真經只靠美猴精師徒們出洞來攀鞍上馬找大路篤志投西行了一個多月忽聽得水聲振耳三藏大驚道徒弟啞又是那里水聲行者笑道你這老師父忒也多疑做不得和尚我們一同四衆偏你聽見甚麼水聲你把那多心經又忘了也唐僧道多心經乃浮屠山烏巢禪師口授共五十四句二百七十個

字我當時耳傳至今常念你知我忘了那句兒行者道老師父你忘了無眼耳鼻舌身意我等出家之人眼不視色耳不聽聲鼻不嗅香舌不嘗味身不知寒暑意不存妄想如此謂之祛褪六賊你如今爲求經念念在意怕妖魔不肯捨身要齋吃動舌喜香甜嗅鼻聞聲音驚耳覩事物凝眸招來這六賊紛紛怎生得西天見佛三藏聞言默然沉慮道徒弟呵我

着眼

一自當年別聖君　奔波晝夜甚慇懃
芒鞋踏破山頭霧　竹笠沖開嶺上雲
夜靜猿啼殊可歎　月明鳥噪不堪聞
何時滿足三三行　得取如來妙法文

行者聽畢，忍不住鼓掌大笑道，這師父原來（著眼）只是思鄉難息。若要那三三行滿，有何難哉。常言道，功到自然成哩。八戒回頭道，哥阿，若照依這般魔瘴凶高，就走上千年也不得成功。沙僧道，二哥，你和我一般拙口鈍腮，不要惹大哥熱擦。且只捱肩磨担，終須有日成功也。（著眼）師徒們正話間，脚走不停，馬蹄正疾，見前面有一道黑水滔天，馬不能進。四衆停立崖邊，仔細觀看，但見那

層層濃浪，疊疊渾波。層層濃浪翻烏潦，疊疊渾波捲黑油。近觀不照人身影，遠望難尋樹木形。滾滾一池墨滔滔千里灰，水沫浮來如積炭，浪花飄起似翻煤。牛羊不

飲。鵶鵲難飛。牛羊不飲嫌深黑、鵶鵲難飛怕渺瀰。只是
岸上蘆蘋知綠茂、灘頭花草鬭青奇。湖泊江河天下有、
溪源澤洞世間多。人生皆有相逢處、誰見西方黑水河。
唐僧下馬道、徒弟、這水怎麼如此渾黑。八戒道、是那家潑
了靛缸了。沙僧道、不然。是誰家洗筆硯哩。行者道、你們且
休胡猜亂道。且設法保師父過去。八戒道、這河若是老猪
過去不難、或是駕了雲頭、或是下河負水、不消頓飯時、我
就過去了。沙僧道、若教我老沙、也只消縱雲躧水、頃刻而
過。行者道、我等容易、只是師父難哩。三藏道、徒弟阿、這河
有多少寬麼。八戒道、約摸有十來里寬。三藏道、你三個計

較著那個駝我過去罷行者道八戒駝得八戒道不好馱若是駝著騰雲三尺也不能離地常言道背凡人重若丘山若是駝著負水轉連我墜下水去了師徒們在河邊正都商議只見那上溜頭有一人棹下一隻小船兒來唐僧喜道徒弟有船來了叫他渡我們過去沙僧厲聲高叫道棹船的來渡人來渡人船上人道我不是度船如何渡人沙僧道天上人間方便第一你雖不是渡船我們也不是常來打攪你的我等是東土欽差取經的佛子你可方便方便渡我們過去謝你那人聞此言却把船兒棹近岸邊扶著槳道師父呵我這船小你們人多怎能全渡三藏近

前看了那船兒原來是一段木頭刻的中間只有一個倉口只好坐下兩個人三藏道怎生是好沙僧道這般呵兩遭兒渡罷八戒就使心術要躲懶討乖道悟淨你與大哥在這邊看著行李馬匹等我保師父先過去却再來渡馬教大哥跳過去罷行者點頭道你說的是那獃子扶著唐僧那稍公撐開船舉棹冲流一直而去方纔行到中間只聽得一聲响喨捲浪翻波遮天迷目那陣狂風十分利害好風

當空一片砲雲起中溜千層黑浪高兩岸飛沙迷日
四邊樹倒振天號翻江攪海龍神怕播土揚塵花木凋

呼呼响若春雷吼，陣陣兇如餓虎哮。蟹鱉魚蝦朝上拜，飛禽走獸失窩巢。五湖船戶皆遭難，四海人家命不牢。溪內漁翁難把鈎，河間稍子怎撑篙。揭瓦翻磚房屋倒，驚天動地太山搖。

這陣風，原來就是那棹船人弄的。他本是黑水河中怪物。眼看著那唐僧與豬八戒，連船兒淬在水裡，無影無形，不知攝了那方去也。這岸上沙僧與行者心慌道：怎麼好？老師父步步逢災，纔脫了魔瘴，幸得這一路平安，又遇著黑水迍邅。沙僧道：莫是翻了船，你們往下溜頭找尋去。行者道：不是翻船。若翻船，八戒會水，他必然保師父負水而出。

我纔見那個棹船的有些不正氣想必就是這廝弄風把師父拖下水去了沙僧聞言道哥哥何不早說你看著馬與行李等我下水找尋去來行者道這水色不正恐你不能去沙僧道這水比我那流沙河如何去得去得好和尚脫了褊衫找抹了手腳輪著降妖寶杖撲的一聲分開水路鑽入波中大踏步行將進去正走處只聽得有人言語沙僧閃在傍邊偷睛觀看那壁廂有一座亭臺臺門外橫封了八個大字乃是衡陽峪黑水河神府又聽得那怪物坐在上面道一向辛苦今日方能得物這和尚乃十世修行的好人但得吃他一塊肉便做長生不老人我為他也

等彀多時、今朝却不負我志、教小的們快把鐵籠擡出來、將這兩個和尚囫圇蒸熟、具柬去請二舅爺來、與他暖壽、沙僧聞言、按不住心頭火起、掣寶杖將門亂打、口中罵道、那潑物、快送我唐僧師父與八戒二兄出來、諕得那門內妖邪、急跑去報禍事了、老怪問甚麽禍事、小妖道、外面有一個晦氣色臉的和尚、打著前門罵要人哩、那怪聞言、即喚取披掛、小妖擡出披掛、老妖結束整齊、手提一根竹節鋼鞭、走出門來、真個是兇頑毒像、但見

方面圜睛霞彩亮、捲唇巨口血盆紅、幾根鐵線稀髯擺、兩鬢硃砂亂髮蓬、形似顯靈真太歲、貌如發怒狠雷公、

身披鐵甲團花燦，頭戴金盔嵌寶濃，竹節鋼鞭提手內，
行時滾滾捵狂風，生來本是波中物，脫去原流變化兇，
要問妖邪眞姓字，前身喚做小鼉龍

那怪喝道，是甚人在此打我門哩，沙僧道，我把你個無知的潑怪，你怎麼弄玄虛，變作稍公，架舡將我師父攝來，快早送還，饒你性命，那怪呵呵笑道，這和尚不知死活，你師父是我拿了，如今要蒸熟了請人哩，你上來與我見個雌雄，三合敵得我呵，還你師父，如三合敵不得，連你一發都蒸吃了，休想西天去也，沙僧聞言大怒，輪寶杖，劈頭就打，那怪舉鋼鞭，急架相還，兩個在水底下，這塲好殺，

降妖杖與竹節鞭，二人怒發各爭先。一個是黑水河中千載怪，一個是靈霄殿外舊時仙。那個因貪三藏肉中吃，這個爲保唐僧命可憐。都來水底相爭鬥，各要功成兩不然。殺得鰕魚對對搖頭躲，螃蟹雙雙縮首潛。只聽水府群妖齊擂鼓，門前衆怪亂爭喧。好個沙門眞悟淨，單身獨力展威權。躍浪翻波無勝敗，鞭迎杖架兩牽連。筭來只爲唐和尚，欲取眞經拜佛天。

他二人戰經三十回合，不見高低。沙僧暗想道，這怪物是我的對手，枉自不能取勝，且引他出去，教師兄打他。這沙僧虛丢了個架子，拖著寶杖就走。那妖精更不趕來道，你去罷我不與你鬬了我且具柬帖兒去請客哩沙僧氣呼呼跳出水來見了行者道哥哥這怪物無禮行者問你下去許多時纔出來端的是甚妖邪可曾尋見師父沙僧道他這裡邊有一座亭臺臺門外橫書八個大字喚做衡陽峪黑水河神府我閃在一傍邊聽他在裡面說話教小的們洗刷鐵籠待要把師父與八戒蒸熟了去請他舅爺來暖壽是我發起怒來就去打門那怪物提一條竹節鋼鞭走出來與我鬬了這半日約有三十合不分勝負我却使個徉輸法要引他出來著你助陣那怪物乖得緊他不來趕我只要回去具柬請客我纔上來行者道不知是個甚

麼妖邪。沙僧道。那模樣像一個大鱉。不然便是個鼉龍也。行者道。不知那個是他舅爺。說不了。只見那下灣裡走出一個老人。遠遠的跪下。叫大聖。黑水河河神叩頭。行者道。你莫是那棹船的妖邪。又來騙我麼。那老人磕頭滴淚道。大聖。我不是妖邪。我是這河內真神。那妖精舊年五月間從西洋海。趁大潮來于此處。就與小神交鬪。奈我年邁身衰。敵他不過。把我坐的那衡陽峪黑水神府。就占奪去住了。又傷了我許多水族。我却沒奈何。徑往海內告他。原來西海龍王。是他的母舅。不准我的狀子。教我讓與他住。我欲啟奏上天。奈何神微職小。不能得見玉帝。今聞得大聖到此特來參拜投生萬望大聖與我出力報冤行者聞言道這等說西海龍王都該有罪他如今攝了我師父與師弟揚言要蒸熟了去請他舅爺暖壽我正要拿他幸得你來報信這等河神你倍著沙僧在此看守等我去海中先把那海龍王捉來教他擒此怪物河神道深感大聖大恩行者即駕雲徑至西洋大海按觔斗捻了避水訣分開波浪正然走處撞見一個黑魚精捧著一個渾金的請書匣兒從下流頭似箭如梭鑽將上來被行者撲個滿面掣鐵棒分頂一下可憐就打得腦漿迸出腮骨查開嘈都的一聲飄出水面他却揭開匣兒看處裡邊有一張簡帖上寫

著懇甥鼉潔頓首百拜敬上二舅爺敖老大人臺下向承佳惠感感今因獲得二物乃東土僧人實為世間之罕物甥不敢自用因念舅爺聖誕在邇特設菲筵預祝千壽萬望車駕速臨是荷行者笑道這廝却把供狀先遞與老孫也正纔袖了帖子往前再行早有一個探海的夜叉望見行者急抽身撞上水晶宮報大王齊天大聖孫爺爺來了那龍王敖順即領衆水族出宮迎接道大聖請入小宮少坐獻茶行者道我還不曾吃你的茶你到先吃了我的酒也龍王笑道大聖一向皈依佛門不動葷酒却幾時請我吃酒來行者道你便不曾去吃酒只是惹下一個吃酒的

罪名了、敖順大驚道、小龍爲何有罪、行者袖中取出簡帖
兒遞與龍王、龍王見了、魂飛魄散、慌忙跪下叩頭道、大聖
恕罪、那廝是舍妹第九個兒子、因妹夫錯行了風雨、剋減
了雨數、被天曹降旨、著人曹官魏徵丞相、夢裡斬了、舍妹
好照管
無處安身、是小龍帶他到此、恩養成人、前年不幸、舍妹疾
故、惟他無方居住、我著他在黑水河養性修真、不期他作
此惡孽、小龍即差人去擒他來也、行者道、你令妹共有幾
個賢郎、都在那里作怪、龍王道、舍妹有九個兒子、那八個
都是好的、第一個小黃龍、見居淮瀆、第二個小驪龍、見住
濟瀆、第三個青背龍、占了江瀆、第四個赤髯龍、鎮守河瀆

第五個徒勞龍與佛祖司鍾第六個穩獸龍與神宮鎮脊第七個敬仲龍與玉帝守擎天華表第八個蜃龍在大家兄處砥據太岳此乃第九個鼉龍因年幼無甚執事自舊年纔著他居黑水河養性待成名別遷調用誰知他不道（○好○謊）吾旨沖撞大聖也行者聞言笑道你妹妹有幾個妹丈敖順道只嫁得一個妹丈乃涇河龍王向年以此被斬舍妹孀居于此前年疾故了行者道一夫一妻如何生此幾個襍種敖順道此正謂龍生九種九種各別行者道我纔心中煩惱欲將簡帖爲証上奏天庭問你個通同作怪搶奪人口之罪據你所言是那廝不遵教誨我且饒你這次一

則是看你昆玉分上。二來只該怪那廝年幼無知。你也不甚知情。你快差人擒來。救我師父。再作區處。敖順即與太子摩昂。快點五百鰕魚壯兵。將小鼉捉來問罪。一壁廂安排酒席。與大聖陪禮。行者道。龍王再勿多心。既講開饒了你便罷。又何須辦酒。我今須與你令郎同去。一則老師父遭愆。二則我師弟盼望。那老龍苦留不住。又見龍女捧茶來獻。行者立飲他一盞香茶。別了老龍。隨與摩昂領兵離了西海。早到黑水河中。行者道。賢太子。好生捉怪。我上岸去也。摩昂道。大聖寬心。小龍子將他拿上來。先見了大聖。懲治了他罪名。把師父送上來。纔敢帶回海內。見我家父。

行者忻然相别，捏了避水訣，跳出波津，徑到了東邊崖上。沙僧與那河神迎著道：師兄，你去時從空而去，怎麽回來却自河内而回？行者把那打死魚精，得簡帖，見龍王，與太子同領兵來之事，備陳了一遍。沙僧十分歡喜，都立在岸邊候接師父不題。却説那摩昂太子著介士先到他水府門前，報與妖怪道：西海老龍王太子摩昂來也。妖怪正坐忽聞摩昂來，心中疑惑道：我差黑魚精投簡帖，拜請二舅爺，這早晚不見回話，怎麽舅爺不來，却是表兄來耶？正説間，只見那巡河的小怪又來報：大王，河内有一枝兵，屯于水府之西，旗號上書著西海儲君摩昂小帥。妖怪道：這表兒郎也狂妄。想是舅爺不得來。命他來赴宴。既是赴宴。如何又領兵勞士。咳。但恐其間有故。教小的們。將我的披掛鋼鞭侯候。恐一時變暴。待我且出去迎他。看是何如。眾妖領命。一個個擦掌摩拳。準備這鼉龍出得門來。真個見一枝海兵劄營在右。只見

征旗飄繡帶。畫戟列明霞。寶劍凝光彩。長鎗纓繞花。弓彎如月小。箭插似狼牙。大刀光燦燦。短棍硬沙沙。鯨鰲並蛤蚌。蟹鱉共魚蝦。大小齊齊擺。干戈似密麻。不是元戎令、誰敢亂爬蹅。

鼉怪見了。徑至那營門前。厲聲高叫。大表兄。小弟在此拱

候有請有一個巡營的螺兵急至中軍帳報千歲殿下外有鼉龍叫請哩太子按一按頂上金盔束一束腰間寶帶手提一根三稜簡拽開步跑出營去道你來請我怎麼鼉龍進禮道小弟今早有簡帖拜請舅爺想是舅爺見棄著表兄來的兄長既來赴席如何又勞師動衆不入水府扎營在此又貫甲提兵何也太子道你請舅爺做甚妖怪道小弟一向蒙恩賜居于此久別尊顏未得孝順昨日提得一個東土僧人我聞他是十世修行的元體人吃了他可以延壽欲請舅爺看過上鐵籠蒸熟與舅爺暖壽哩太子喝道你這厮十分懵懂你道僧人是誰妖精道他是唐朝

來的僧人往西天取經的和尚。太子道。你只知他是唐僧。不知他手下徒弟利害哩。妖怪道。他有一個長嘴的和尚喚做個猪八戒。我也把他捉住了。要與唐和尚一同蒸吃。還有一個徒弟。喚做沙和尚。乃是一條黑漢子。晦氣色臉。使一根寶杖。昨日與我在這門外討師父。被我帥出河兵一頓鋼鞭。戰得他敗陣逃生。也不見怎的利害。太子道。原來是你不知。他還有一個大徒弟。是五百年前大鬧天宮上方太乙金仙齊天大聖。如今保護唐僧往西天拜佛求經。是普陀巖大慈大悲觀音菩薩。勸善與他改名。喚做孫悟空行者。你怎麼沒得做撞出這件禍來。他又在我海內遇著你的差人奪了請帖徑入水晶宮拿捏我父子們有結連妖邪搶奪人口之罪你快把唐僧八戒送上河邊交還了孫大聖憑著我與他倍禮你還好得性命若有半個不字休想得全生居于此也那怪鼉聞此言心中大怒道我與你嫡親的姑表你到反護他人聽你所言就教把唐僧送出天地間那里有這等容易事也你便怕他莫成我也怕他他若有手段敢來我水府門前與我交戰三合我纔與他師父若敵不過我就連他也拿來一齊蒸熟也沒甚麼親人也不去請客自家關了門教小的們唱唱舞舞我坐在上面自自在在吃他娘不是太子見說開口罵道

這潑邪果然無狀且不要教孫大聖與你對敵你敢與我相持麼那怪道要做好漢怕甚麼相持教取披掛呼喚一聲衆小妖跟隨左右獻上披掛捧上鋼鞭他兩個變了臉各逞英雄傳號令一齊擂鼓這一場比與沙僧爭鬬甚是不同但見那

旌旗照耀戈戟搖光這壁廂營盤解散那壁廂門戶開張摩昂太子提金簡鼉怪輪鞭急架償一聲砲响河兵烈三棒鑼鳴海士狂鰕與鰕爭蟹與蟹鬬鯨鰲吞赤鯉鯾鮊起黃鱨鯊鯔吃鰍鯖魚走牡蠣擒蟶蛤蚌慌少揚刺硬如鐵棍鯾司針利似鋒芒鱓鱝追白蟮鱸鱠捉烏

鮎。一河水怪爭高下。兩處龍兵定弱強。混戰多時波浪滾。摩昂太子賽金剛。唱聲金簡當頭重。拿住妖鼉作怪王

這太子。將三稜簡閃了一個破綻。那妖精不知是詐。鑽將進來。被他使個解數。把妖精右臂。只一簡打了個躘踵。趕上前。又一拍腳。跌倒在地。衆海兵。一擁上前。揪翻住。將繩子背綁了。雙手。將鐵索穿了琵琶骨。拿上岸來。押至孫行者面前道。大聖。小龍子捉住妖鼉。請大聖定奪。行者與沙僧見了道。你這廝不遵旨令。你舅爺原著你在此居住。教你養性存身。待你名成之日。別有遷用。你怎麼強占水神

之宅倚勢行兇欺心誆上弄玄虛騙我師父師弟我待要
打你這一棒柰何老孫這棒子甚重略打打兒就了了性
命你將我師父安在何處哩那怪叩頭不住道大聖小鼉
不知大聖大名却纔逆了表兄騁強背理被表兄把我拿
住今見大聖幸蒙大聖不殺之恩感謝不盡你師父還綑
在那水府之間望大聖解了我的鐵索放了我手等我到
河中送他出來摩昂在傍道大聖這厮是個逆怪他極奸
詐若放了他恐生惡念沙和尚道我認得他那里等我尋
師父去他兩個跳入水中徑至水府門前那里門扇大開
更無一個小卒直入亭臺裡面見唐僧八戒赤條條都綑

在那里沙僧即忙解了師父，河神亦隨解了八戒，一家背著一個，出水面，徑至岸邊，豬八戒見那妖精鎖綁在側，急掣鈀上前就築，口裡罵道：潑邪畜，你如今不吃我了？行者扯住道：兄弟，且饒他死罪罷，看敖順賢父子之情。摩昂進禮道：大聖，小龍子不敢久停，既然救得師父，我帶這廝去，見家父，雖大聖饒了他死罪，家父決不饒他活罪，定有發落處置，仍回復大聖謝罪。行者道：既如此，你領他去罷，多多拜上令尊，尚容面謝。那太子押著那妖鼉投水中，帥領海兵，徑轉西洋大海。不題。却說那黑水河神謝了行者道：多蒙大聖復得水府之恩。唐僧道：徒弟呵，如今還在東岸，如何渡此河也河神道老爺勿慮且請上馬小神開路引老爺過河那師父纔騎了白馬八戒揪著韁繩沙和尚挑了行李孫行者扶持左右只見河神作起阻水的法術將上流擋住須臾下流河乾開出一條大路師徒們行過西邊謝了河神登崖上路這正是

禪僧有救來西域　徹地無波過黑河

畢竟不知怎生得拜佛求經且聽下回分解

總評

行者說心經處大是可思不若今之講師記得些子舊講說便出來做買賣也○今之講經和尚既不及

那猴子又要耍這猴子怎的○妖怪請阿舅暖壽尚有渭陽之情不比世人若表兄弟反面則與世人一般矣

第四十四回

法身元運逢車力　心正妖邪度脊關　○着○眼○

詩曰

求經脫障向西遊，無數名山不盡休。兎走烏飛催晝夜，鳥啼花落自春秋。微塵眼底三千界，錫杖頭邊四百州。宿水飡風登紫陌，未期何日是回頭。

話說唐三藏幸虧龍子降妖，黑水河神開路，師徒們過了黑水河，找大路一直西來，真個是迎風冒雪，戴月披星，行勾多時，又值早春天氣，但見

三陽轉運，萬物光輝，三陽轉運，滿天明媚開圖畫，萬物

生輝遍地芳菲設繡茵梅殘數點雪麥漲一川雲漸開水解山泉溜盡放萌芽出曉痕正是那太昊乘震勾芒御辰花香風氣暖雲淡日光新道傍楊柳舒青眼膏雨滋生萬象春

師徒們在路上遊觀景色緩馬而行忽聽得一聲吆喝好便似千萬人納喊之聲唐三藏心中害怕兜住馬不能前進急回頭道悟空是那里這等响振八戒道好一似地裂山崩沙僧道也就如雷聲霹靂三藏道還是人喊馬嘶孫行者笑道你們都猜不着且住待老孫看是何如好行者將身一縱踏雲光起在空中睜眼觀看遠見一座城池又

延觀到也祥光隱隱不見甚麼凶氣紛紛行者暗自沉吟道好去處如何有响聲振耳那城中又無旌旗閃灼戈戟光明又不是砲聲响振何以若人馬諠譁正議間只見那城門外有一塊沙灘空地攢簇了許多和尚在那里扯車兒哩原來是一齊著力打號齊喊大力王菩薩所以驚動唐僧行者漸漸按下雲頭來看處呀那車子裝的都是磚瓦木植土坯之類灘頭上坡坂最高又有一道夾脊小路兩座大關關下之路都是直立壁陡之崖那車兒怎麼拽得上去雖是天色和暖那些人却也衣衫藍縷看此像十分窘迫行者心疑道想是修蓋寺院他這里五穀豐登尋

不出雜工人來。所以這和尚親自努力。正自猜疑未定。只見那城門裡。搖搖擺擺。走出兩個少年道士來。你看他怎生打扮。但見他

頭戴星冠。身披錦繡頭戴星冠光耀耀。身披錦繡綵雲飄。足踏雲頭履。腰繫熟絲縧。面如滿月多聰俊。形似瑤天仙客嬌

那些和尚。見道士來。一個個心驚膽戰。加倍着力。恨苦的拽那車子。行者就曉得了。咦。想必這和尚們。怕那道士。不然呵。怎麽這等著力拽扯。我曾聽得人言。西方路上有箇敬道滅僧之處。斷乎此間是也。我待要回報師父。奈何事

不明白反惹他怪道我這等一個伶俐之人就不能探個實信且等下去問得明白好回師父話你道他來問誰好大聖按落雲頭去那城脚下搖身一變變做個遊方的雲水全真左臂上掛著一個水火藍兒手敲著漁鼓口唱修道清詞近城門迎著兩個道士當面躬身道道長貧道稽首那道士還禮道先生那里來的行者道我弟子

雲遊于海角浪蕩在天涯今朝來此處欲募善人家

動問二位道長這城中那條街上好道那個巷里好賢我貧道好去化些齋吃那道士笑道你這先生怎麼說這等敗興的話行者道何爲敗興道士道你要化些齋吃却不

是敢與行者道出家人以乞化爲由却不化齋吃怎生有錢買道士笑道你是遠方來的不知我這城中之事我這城中且休說文武官員好道富民長者愛賢大男小女見我等拜請奉齋這般都不須掛齒頭一等就是萬歲君王好道愛賢行者道我貧道一則年幼二則是遠方乍來實是不知煩二位道長將這里地名君王好道愛賢之事細說一遍足見同道之情道士說此城名喚車遲國寶殿上君王與我們有親行者聞言呵呵笑道想是道士做了皇帝他道不是只因這二十年前民遭亢旱天無點雨地絕穀苗不論君臣黎庶大小人家家家沐浴焚香戶戶拜天

求雨正都在倒懸捱命之處忽然天降下三個仙長來俯救生靈行者問道是那三個仙長道士說便是我家師父行者道尊師甚號道士云我大師父號做虎力大仙二師父鹿力大仙三師父羊力大仙行者問曰三位尊師有多少法力道士云我那師父呼風喚雨只在翻掌之間指水為油點石成金却如轉身之易所以有這般法力能奪天地之造化換星斗之玄微君臣相敬與我們結為親也行者道這皇帝十分造化常言道術動公卿老師父有這般手段結了親其實不虧他噫不知我貧道可有星星緣法得見那老師父一面哩道士笑曰你要見我師父有何難

處我兩個是他靠胸貼肉的徒弟我師父却又好道愛賢［和尚道士徒弟那一個不是靠胸貼肉的］只聽見說個道字就也接出大門若是我兩個引進你乃吹灰之力行者深深的唱個大喏道多承舉薦就此進去罷道士說且少待片時你在這里坐下等我兩個把公事幹了來和你進去行者道出家人無拘無束自由自在有甚公事道士用手指定那沙灘上僧人他做的是我家生活恐他躲懶我們去點他一卯就來行者笑道道長差了僧道之輩都是出家人為何他替我們做活伏我們點卯道士云你不知道因當年求雨之意僧人在一邊拜佛道［和尚着眼］士在一邊告斗都請朝廷的糧餉誰知那和尚不中用空

念空經不能濟事後來我師父一到喚雨呼風搭救了萬民塗炭卻纔惱了朝廷說那和尚無用拆了他的山門毀了他的佛像追了他的度牒不放他回鄉御賜與我們家做活就當小厮一般我家裡燒火的也是他掃地的也是他頂門的也是他因為後邊還有住房未曾完備著這和尚來拽磚瓦拖木植起蓋房宇只恐他貪頑懶惰不肯拽車所以著我兩個去查點查點行者聞言扯住道士滴淚道我說我無緣真個無緣不得見老師父尊面道士云如何不得見面行者道我貧道在方上雲遊一則是為性命二則也為尋親道士問你有甚麼親行者道我有一個叔

父自幼出家削髮爲僧向日年程饑饉也來外面求乞道幾年不見回家我念祖上之恩特來順便尋訪想必是羈遲在此等地方不能脫身未可知也我慿的尋著他見一面纔可與你進城道士云這般都是容易我兩個且坐下即煩你去沙灘上替我一査只點頭目有五百名數目便罷看内中那個是你令叔果若有哑我們看道中情分放他去了却與你進城好麽行者頂謝不盡長揖一聲別了道士敲著漁鼓徑往沙灘之上過了雙關轉下夾脊那和尚一齊跪下磕頭道爺爺我等不曾躲懶五百名半個不（如今真道士也）少都在此扯車哩行者看見暗笑道這些和尚被道士打

怕了，見我這假道士，就這般悚懼，（如今真道士也沒有，假和尚太多）若是個真道士，好道也活不成了。行者又搖手道，不要跪，休怕，我不是監工的，我來此是尋親的。衆僧們聽說認親，就把他圈子陣圍將上來，一個個出頭露面，咳嗽打响，巴不得要認出去，道不知那個是他親哩。行者認了一會，呵呵笑將起來。衆僧道，老爺不認親，如何發笑。行者道，你們知我笑甚麼，笑你這些和尚全不長俊，父母生下你來，皆因命犯華蓋，妨爺尅娘，或是不招姊妹，纔把你捨斷了出家，你怎的不遵三寶，不敬佛法，不去看經拜懺，却怎麼與道士傭工，作奴婢使喚。衆僧道，老爺，你來羞我們哩。你老人家想是個外邊來的不知我這里。利害。行者道。果是外方來的。其實不知你這里有甚利害。衆僧滴淚道。我們這一國君王。偏心無道。只喜得是老爺等輩。惱的是我們佛子。行者道。爲何來。衆僧道。只因呼風喚雨三個仙長來此處。滅了我等。哄信君王把我們寺拆了。度牒追了。不放歸鄉。亦不許補役當差。賜與那仙長家使用。苦楚難當。但有個遊方道者至此。即請拜王領賞。若是和尚來。不分遠近。就拿來與仙長家傭工。行者道。想必那道士。還有甚麼巧法術。誘了君王。若只是呼風喚雨。也都是傍門小法術耳。安能動得君心。衆僧道他會煉砂乾汞。打坐存神。點水爲油。點石成金。如今興蓋三清觀守對天地晝夜看經懺悔祈君王萬年不老所以就把君心惑動了行者道原來這般你們都走了便罷衆僧道老爺走不脱那仙長奏准君王把我們畫了影身圖四下裡長川張掛他這車遲國地界也寬各府州縣鄉村店集之方都有一張和尚圖上面是御筆親題若有官職的拿得一個和尚高陞三級無官職的拿得一個和尚就賞白銀五十兩所以走不脱且莫說是和尚就是剪鬃禿子毛稀的都也難逃四下裡快手又多緝事的又廣憑你怎麼也是難脱我們沒奈何只得在此苦捱行者道既然如此你們死了便罷衆僧道老爺有死的到處捉來與本

處和尚也共有二千餘衆到此熬不得苦楚受不得勞碌忍不得寒冷服不得水土死了有六七百自盡了有七八百只有我這五百個不得死行者道怎麼不得死衆僧道懸梁繩斷刀刎不疼投河的飄起不沉服藥的身安不損行者道你却造化天賜汝等長壽哩衆僧道老爺呀你少了一個字兒是長受罪哩我等日食三飡乃是糙米熬得稀粥到晚就在沙灘上冒露安身纔合眼就有神人擁護行者道想是累苦了見鬼麼衆僧道不是鬼乃是六丁六甲護教伽藍但至夜就來保護但有要死的就保著不教他死行者道這些神却也沒理只該教你們早死早生天

却來保護怎的衆僧道他在夢寐中勸解我們教不要尋死且苦捱着等那東土大唐聖僧往西天取經的羅漢他手下有個徒弟乃齊天大聖神通廣大專秉忠良之心與人間報不平之事濟困扶危恤孤念寡只等他來顯神通滅了道士還敬你們沙門禪教哩行者聞得此言心中暗笑道莫說老孫無手段預先神聖早傳名急抽身敲着漁鼓別了衆僧徑來城門口見了道士那道士迎着道先生那一位是令親行者道五百個都與我有親兩個道士笑道你怎麼就有許多親行者道一百個是我左隣一百個是我右舍一百個是我父黨一百個是我母黨一百個

是我交契你若肯把這五百人都放了我便與你進去不放我不去了道士云你想有些風病一時間就胡說了那些和尚乃國王御賜若放一二名還要在師父處遞了病狀然後補個死狀纔了得哩怎麼說都放了此理不通不通且不要說我家沒人使喚就是朝廷也要怪他那里長要差官查勘或時御駕也親來點劄怎麼敢放行者道不放麼道士說不放行者連問三聲就怒將起來把耳躲裡鐵棒取出迎風捻了一捻就碗來粗細晃了一晃照道士臉上一刮可憐就打得頭破血流身倒地皮開頸折腦漿傾那灘上僧人遠遠望見他打殺了兩個道士丟了車兒

跑將上來道、不好了、不好了、打殺皇親了、行者道、那個是皇親、衆僧把他簇簇障圍了、道他師父上殿不參王、下殿不辭主、朝廷常稱做國師兄長先生、你怎麼到這里闖禍他徒弟出來監工、與你無干、你怎麼把他來打死、那仙長不說是你來打死、只說是來此監工、我們害了他性命、我等怎了、且與你進城去、會了人命出來、行者笑道、列位休嚷、我不是雲水全真、我是來救你們的、衆僧道、你到打殺人、害了我們、添了担兒、如何是救我們的、行者道、我是大唐聖僧徒弟孫悟空行者、特特來此救你們性命、衆僧道不是不是、那老爺我們認得他、行者道、又不會會他、如何

認得衆僧道我們夢中嘗見一個老者自言太白金星常教誨我等說那孫行者的模樣莫教錯認了行者道他和你怎麼說來衆僧道他說那大聖

磕額金睛幌亮圓頭毛臉無腮咨牙尖嘴性情乖貌比雷公古怪慣使金箍鐵棒曾將天闕攻開如今皈正保僧來專救人間災害

行者聞言又嗔又喜喜道替老孫傳名嗔道那老賊憊懶把我的元身都說與這夥凡人忽失聲道列位誠然認我不是孫行者我是孫行者的門人來此處學闖禍耍子的那里不是孫行者來了用手向東一指哄得衆僧回頭他

却現了本相衆僧們方纔認得一個個倒身下拜道爺爺
我等凡胎肉眼不知是爺爺顯化望爺爺與我們雪恨消
災早進城降妖從正也行者道你們且跟我來衆僧緊隨
左右那大聖徑至沙灘上使個神通將車兒拽過兩關穿着眼
過夾脊提起來摔得粉碎把那些磚瓦木植盡拋下坡
喝教衆僧散莫在我手脚邊等我明日見這皇帝滅却道
士衆僧道爺爺我等不敢遠走但恐在官人拿住解來
却又吃打發贖返又生災行者道既如此我與你個護身
法兒好大聖把毫毛拔了一把嚼得粉碎每一個和尚與
他一截都教他捻在無名指甲裡捻著拳頭只情走路無

人敢拿你便罷若有人拿你攢緊了拳頭叫一聲齊天大聖我就來護你衆僧道爺爺倘若去得遠了看不見你叫你不應怎麽是好行者道你只管放心就是萬里之遥可保全無事衆僧有膽量大的捻著拳頭悄悄的叫聲齊天大聖只見一個雷公站在面前手執鐵棒就是千軍萬馬也不能近身此時有百十衆齊叫足有百十個大聖護持衆僧叩頭道爺爺果然靈顯行者又分付叫聲寂字還你收了真個是叫聲寂依然還是毫毛在那指甲縫裡衆和頭皮尚都纔歡喜逃生一齊而散行者道不可十分遠[illegible]我城中消息但有招僧榜出就進城還我毫毛也五[illegible]個和

尚東的東西的西走的走立的立四散不題却說那唐僧在路傍等不得行者回話教猪八戒引馬投西遇著些僧人奔走將近城邊見行者還與十數個未散的和尚在那里三藏勒馬道悟空你怎麽來打聽個响聲許久不回行者引了十數個和尚對唐僧馬前施禮將上項事說了一遍三藏大驚道這般呵我們怎了那十數個和尚道老爺放心孫大聖爺爺乃天神降的神通廣大定保老 爺無虞我等是這城裡勑建智淵寺内僧人因這寺是先 王太祖御造的見有先王太祖神像在内未曾折毁城中寺院大小盡皆折了我等請老爺赶早進城到我荒山安下待明

日早朝孫大聖必有處置行者道汝等說得是也罷趁早進城去來那長老却纔下馬行到城門之下此時已太陽西墜過吊橋進了三層門裡街上人見智淵寺的和尚牽馬挑包盡皆廻避正行時却到山門前但見那門上高懸著一面金字大扁乃勅建智淵寺衆僧推開門穿過金剛殿把正殿門開了唐僧把袈裟披起拜畢金身方入衆僧

好點綴

叫看家的老和尚走出來看見行者就拜道爺爺你來了行者道你認得我是那個爺爺就是這等呼拜那和尚道我認得你是齊天大聖孫爺爺我們夜夜夢中見你太白金星常常來托夢說道只等你來我們纔得性命今日果

見尊顏、與夢中無異、爺爺啞喜得早來、再遲一兩日、我等
已俱做鬼矣、行者笑道、請起、請起、明日就有分曉、衆僧安
排了齋飯、他師徒們吃了、打掃乾淨、方丈安寢、一宿、二更
時候、孫大聖心中有事、偏睡不著、只聽得那里吹打、悄悄
的爬起來、穿了衣服、跳在空中觀看、原來是正南上、燈燭
熒煌、低下雲頭、仔細再看、却乃是三清觀道士禳星哩、但
見那

靈區高殿、福地真堂、靈區高殿、巍巍壯似蓬壺景、福地
真堂、隱隱清如化樂宮、兩邊道士奏笙簧、正面高公擎
玉簡、宣理消災懺、開講道德經、揚塵幾度盡傳符、表白

一齊皆俯伏。咒水發檄，燭焰飄搖沖上界；查罡佈斗，香
煙馥郁透清霄。案頭有供獻新鮮，桌上有齋筵豐盛。
殿門前掛一聯黃綾織錦的對句，繡著二十二個大字
云：
雨順風調，願祝天尊無量法；（幻甚）河清海晏，祈求萬歲有餘
年。
行者見三個老道士，披了法衣，想是那虎力、鹿力、羊力大
仙。下面有七八百個散眾，司鼓司鐘，侍香表白，盡都侍立
兩邊。行者暗自喜道：我欲下去與他混一混，奈何單絲不
線，孤掌難鳴。且回去照顧八戒、沙僧，一同來耍耍。按落祥

雲徑至方丈中。原來八戒與沙僧通脚睡著。行者先叫悟淨。沙和尚醒來道。哥哥。你還不曾睡哩。行者道。你且起來。我和你受用些來。沙僧道。半夜三更。口枯眼澁。有甚受用。行者道。這城裡。果有一座三清觀。觀裡道士們修醮。三清殿上有許多供養。饅頭足有斗大。燒果有五六十斤一個。襯錢無數。果品新鮮。和你受用去來。那豬八戒睡夢裡聽見說吃好東西。就醒了。道哥哥。就不帶挈我些兒。行者道。兄弟你要吃東西。不要大呼小叫。驚醒了師父。都跟我來。他兩個套上衣服。悄悄的走出門前。隨行者踏了雲頭。跳將起去。那獃子看見燈光。就要下手。行者扯住道。且休忙待他散了方可下去八戒道他纔念到興頭上却怎麼肯散行者道等我弄個法兒他就散了好大聖捻著訣念個咒語往巽地上吸一口氣呼的吹去便是一陣狂風徑直捲盡那三清殿上把他些花瓶竹臺四壁上懸掛的功德一齊刮倒遂而燈火無光衆道士心驚膽戰虎力大仙道徒弟們且散這陣神風所過吹滅了燈燭香花各人歸寢明朝早起多念幾卷經文補數衆道士果各退回這行者却引八戒沙僧按落雲頭闖上三清殿獃子不論生熟拿過燒果來張口就啃行者掣鐵棒著手便打八戒縮手躲過道還不曾嘗著甚麼滋味就打行者道莫要小家子行

且叙禮坐下受用八戒道不羞偷東西吃還要叙禮若是請將來却要如何行者道這上面坐的是甚麼菩薩八戒笑道三清也認不得却認做甚麼菩薩行者道那三清八戒道中間的是元始天尊左邊的是靈寶道君右邊的是太上老君行者道都要變得這般模樣纔吃得安穩哩那獃子急了聞得那香噴噴供養要吃爬上高臺把老君一嘴拱下去道老官兒你也坐得彀了讓我老豬坐坐八戒變做太上老君行者變做元始天尊沙僧變作靈寶道君把原像都推下去及坐下時八戒就搶大饅頭吃行者道莫忙哩八戒道哥哥變得如此還不吃等甚行者道兄弟

啞吃東西事小泄漏天機事大這聖像都推在地下倘有起早的道士來撞鐘掃地或絆一個根頭却不走漏消息你把他藏過一邊來八戒道此處路生摸門不著却那里藏他行者道我纔進來時那右手下有一重小門兒那裡面穢氣觸人想必是個五穀輪迴之所你把他送在那里去罷這獃子有些夯力量跳下來把三個聖像拿在肩膊上扛將出來到那廂用腳登開門看時原來是個大東廁笑道這個弼馬溫著然會嘴弄舌把個毛坑也與他起個道號叫做甚麼五穀輪迴之所那獃子扛在肩上且不丟了去口裡嘓嘓噥噥的禱道

三清三清我說你聽遠方到此慣滅妖精欲享供養無處安寧借你坐位略略少停你等坐久也且暫下毛坑你平日家受用無窮做個清淨道士今日裡不免享些穢物也做個受臭氣的天尊

祝罷烹的望裡一捽濽了半衣襟臭水走上殿來行者道可藏得好麼八戒道藏便藏得好只是濽起些水來污了衣服有些醃臢臭氣你休惡心行者笑道也罷你且來受用但不知可得個乾淨身子出門哩那獃子還變做老君三人坐下盡情受用先吃了大饅頭後吃簇盤襯飯點心拖爐餅錠油煠蒸酥那里管甚麽冷熱任情吃起原來孫

行者不大吃煙火食只吃幾個果子陪他兩個那一頓如流星趕月風捲殘雲吃得罄盡已此沒得吃了還不走路且在那里閑講消食耍子噫有這般事原來那東廊下有一個小道士纔睡下忽然起來道我的手鈴兒忘記在殿上若失落了明日師父見責與那同睡者道你睡著等我尋去急忙中不穿底衣止扯一領直裰徑到正殿中尋鈴摸來摸去鈴兒摸著了正欲回頭只聽得有呼吸之聲道士害怕急拽步往外走時不知怎的躧著一個荔枝核子撲的滑了一跌噌的一聲把個鈴兒跌得粉碎猪八戒忍不住呵呵大笑出來把個小道士諕走了三魂驚回了七

媿一步一跌撞到那方丈外打著門叫師公不好了禍事了三個老道士還未曾睡卽開門問有甚禍事他戰戰兢兢道徒子忘失了手鈴兒因去殿上尋鈴只聽得有人呵呵大笑險些兒諕殺我也老道士聞言卽叫掌燈來看是甚麼邪物一聲傳令驚動那兩廊道士大大小小都爬起來點燈著火徃正殿上觀看不知端的何如且聽下回分解

總評

僧也不要滅道道也不要滅僧只要做和尚便做個真正和尚做道士便做個真正道士自然各有好處

嘗說真正儒者決不以二氏爲異端也噫可與語此者誰乎

第四十五回

三清觀大聖留名　車遲國猴王顯法

一班頭皮

却說孫大聖左手把沙和尚捻一把右手把猪八戒捻一把他二人却就省悟坐在高處悽著臉不言不語憑那些道士點燈著火前後照著他三個就如泥塑金粧一般模樣虎力大仙道沒有歹人如何把供獻都吃了鹿力大仙道却像人吃的勾當有皮的都剝了皮有核的都吐出核却怎麼不見人形羊力大仙道師兄勿疑想是我們虔心志意在此晝夜誦經前後申文又是朝廷名號斷然驚動天尊想是三清爺爺聖駕降臨受用了這些供養趂今仙

從未返鶴駕在斯、我等可拜告天尊、懇求些聖水金丹、進與陛下、却不是長生永壽、見我們的功果也、虎力大仙道說的是、教徒弟們動樂誦經、一壁廂取法衣來、等我步罡拜禱、那些小道士俱遵命兩班兒擺列齊整、噹的一聲磬响、齊念一卷黃庭道德真經、虎力大仙披了法衣、擎著虛簡、對面前舞蹈揚塵、拜伏于地、朝上啓奏道

誠惶誠恐、稽首歸依、臣等興教、仰望清虛、滅僧鄙俚、敬道光輝、勑修寶殿、御制庭闈、廣陳供養、高掛龍旗、通宵秉燭、鎮日香馡、一誠達上、蕭敬虔歸、今蒙降駕、未返仙車、望賜些金丹聖水、進與朝廷、壽比南極

八戒聞言心中忐忑默對行者道這是我們的不是吃了
頑皮
東西且不走路直等這般禱祝卻怎麼答應行者又捻一
把忽地開口叫聲晚輩小仙且休拜祝我等自蟠桃會上
來的不曾帶得金丹聖水待改日再來垂賜那些大小道
士聽見說出話來一個個抖衣而戰道爺爺啞活天尊臨
凡是必莫放好歹求個長生的法兒鹿力大仙上前又拜
云

揚塵頓首謹辨丹誠微臣歸命俯仰三清自來此界興
道除僧國王心喜敬重玄齡羅天大醮徹夜看經幸天
尊之不棄降聖駕而臨庭俯求垂念仰望恩榮是必留

些聖水與弟子們延壽長生
沙僧捻著行者默默的道哥哥要得緊又來禱告了行者
道與他些罷八戒寂寂道那里有得行者道你只看着我
我有時你們也都有了那道士吹打已畢行者開言道那
晚輩小仙不須伏拜我欲不留些聖水與你們恐滅了道
裔若要與你又忒容易了衆道聞言一齊俯伏叩頭道萬
望天尊念弟子恭敬之意千乞喜賜些須我弟子廣宣道
德奏國王普敬玄門行者道既如此取器皿來那道士一
齊頓首謝恩虎力大仙倚强就擡一口大缸放在殿上鹿
力大仙端一砂盆安在供桌之上羊力大仙把花瓶摘了

花移在中間行者道你們都出了殿前掩上格子不可洩了天機好留與你些聖水衆道一齊跪伏丹墀之下掩了殿門那行者立將起來掀著虎皮裙撒了一花瓶臊溺（趣甚）豬八戒見了歡喜道哥呵我把你做這年兄弟只這些兒不曾弄我我纔吃了些東西道要幹這個事兒哩那獃揭衣服忽喇喇就似呂梁洪倒下坂來沙沙的溺了一砂盆沙和尚却也撒了半缸依舊整衣端坐在上道小仙領聖水那些道士推開格子磕頭禮拜謝恩擡出缸去將那瓶盆總歸一處教徒弟取個鍾子來嘗嘗（打趣道士吃尿亦妙）小道士卽便拿了一個茶鍾遞與老道士道士舀出一鍾來喝下口去只情抹唇

咂嘴鹿力大仙道、師兄好吃麼老道士努著嘴道、不甚好吃、有些酣醺之味、羊力大仙道等我嘗嘗也喝了一口、道有些猪溺臊氣、行者坐在上面聽見說出這話兒來已是識破了、道我弄個手段索性留個名罷、大叫云

頑皮、惡狀至此、可發大笑、

道號道號你好胡思那個三清肯降凡基吾將眞姓說與你知大唐僧衆奉旨來西、良宵無事、下降宮闈、吃了供養、閑坐嬉嬉、蒙你叩拜、何以答之、那里是甚麼聖水、你們吃的、都是我一溺之尿、

那道士聞得此言、攔住門、一齊動叉鈀掃箒瓦塊石頭、沒頭沒臉往裡面亂打、好行者、左手挾了沙僧、右手挾了八

戒、闖出門、駕著祥光、徑轉智淵寺方丈、不敢驚動師父三人、又復睡下、早是五鼓三點、那國王設朝、聚集兩班文武四百朝官、但見絳紗燈火光明、寶鼎香雲靉靆、此時唐三藏醒來、叫徒弟、徒弟、伏侍我倒換關文去來、行者與沙僧八戒、急起身、穿了衣服、侍立左右、道上告師父、道昏君信著那些道士、興道滅僧、恐言語差錯、不肯倒換關文、我等護持師父、都進朝去也、唐僧大喜、披了錦襴袈裟、行者帶了通關文牒、教悟淨捧著鉢盂、悟能拿了錫杖、將行囊馬匹、交與智淵寺僧看守、徑到五鳳樓前、對黃門官作禮、報了姓名、言是東土大唐取經的和尚、來此倒換關文、煩爲轉奏那閤門大使進朝俯伏金階奏曰外面有四個和尚說是東土大唐取經的欲將倒換關文現在五鳳樓前候旨國王聞奏道這和尚沒處尋死卻來這里尋死那巡捕官員怎麽不拿他解來傍邊閃過當駕的太師啓奏道東土大唐乃南贍部洲號曰中華大國到此有萬里之遙路多妖怪這和尚一定有些法力方敢西來望陛下看中華之遠僧且召來驗牒放行庶不失善緣之意國王准奏把唐僧等宣至金鑾殿下師徒們排列階前捧關文遞與國王國王展開方看又見黃門官來奏三位國師來也慌得國王收了關文急下龍座著近侍的設了綉墩躬身迎接

形容

三藏等回頭觀看見那大仙搖搖擺擺後帶著一雙丫髻蓬頭的小童兒徃裡直進兩班官控背躬身不敢仰視他上了金鑾殿對國王徑不行禮那國王道國師朕未曾奉請今日如何肯降老道士云有一事奉告故來也那四個和尚是那國來的國王道是東土大唐差去西天取經的來此倒換關文那三道士鼓掌大笑道我說他走了原來還在這裡國王驚道國師有何話說他纔來報了姓名正欲拿送國師使用怎奈當駕太師所奏有理朕因看遠來之意不滅中華善緣方纔召入驗牒不期國師有此問想是他冒犯尊顔有得罪處也道士笑云陛下不知他昨日

來的、在東門外、打殺了我兩個徒弟、放了五百個囚僧、捽碎車輛、夜間闖進觀來、把三清聖像毀壞、偷吃了御賜供養、我等被他蒙蔽了、只道是天尊下降、求些聖水金丹、進與陛下、指望延壽長生、不期他遺些小便、哄瞞我等、我等各喝了一口、嘗出滋味、正欲下手擒拿他、却走了、今日還在此間、正所謂冤家路兒窄也、那國王聞言發怒、欲誅四衆、孫大聖合掌開言、厲聲高叫道、陛下暫息雷霆之怒、容僧等啓奏、國王道、你冲撞了國師、國師之言、豈有差謬、行者道、他說我昨日到城外、打殺他兩個徒弟、是誰知証、我等且曲認了、著兩個和尚償命、還放兩個去取經、他又說

我擣碎車輛、放了囚僧、此事亦無見証、料不該死、再著一
個和尚領罪罷了、他說我毀了三清、鬧了觀宇、這又是栽
害我也、國王道、怎見栽害、行者道、我僧乃東土之人、乍來
此處、街道尚且不通、如何夜裡就知他觀中之事、既遺下
小便、就該當時捉住、却這早晚坐名害人、天下假名托姓
的無限、怎麼就說是我、望陛下回嗔詳察、那國王本來昏
亂、被行者說了一遍、他就決斷不定、正疑惑之間、又見黃
門官來奏、陛下、門外有許多鄉老聽宣、國王道、有何事幹、
即命宣來、宣至殿前、有三四十名鄉老朝上叩頭道、萬歲、
今年一春無雨、但恐夏月乾荒、特來啓奏、請那位國師爺

禳祈一場甘雨、普濟黎民、國王道、鄉老且退、就有雨來也、
鄉老謝恩而出、國王道、唐朝僧衆、朕敬道滅僧爲何、只爲
當年求雨、我朝僧人更未嘗求得一點、幸天降國師拯援
塗炭、你今遠來冒犯國師、本當即時問罪、姑且恕你、敢與
我國師賭勝求雨麽、若祈得一場甘雨、濟度萬民、朕即饒
你罪名、倒換關文、放你西去、若賭不過、無雨、就將汝等推
赴殺場、典刑示衆、行者笑道、小和尚也曉得些兒求禱、國
王見說、即命打掃壇場、一壁廂教擺駕、寡人親上五鳳樓
觀看、當時多官擺駕、須臾上樓坐了、唐三藏隨著行者、沙
僧、八戒侍立樓下、那三道士陪國王坐在樓上、少時間、一

員官飛馬來報、壇場諸色皆備、請國師爺爺登壇、那虎力大仙欠身拱手、辭了國王、徑下樓來、行者向前攔住道、先生那里去、大仙道、登壇祈雨、行者道、你也忒自重了、更不讓我遠鄉之僧、也罷、這正是強龍不壓地頭蛇、先生先去、必須對君前講開、大仙道、講甚麼、行者道、我與你都上壇祈雨、知雨是你的、是我的、不見是誰的功績、國王在上聽見、心中暗喜道、那小和尚說話倒有些筋節、沙僧聽見、暗笑道、不知他一肚子筋節、還不曾拿出來哩、大仙道、不消講、陛下自然知之、行者道、雖然知之、奈我遠來之僧、未曾與你相會、那時彼此混賴、不成勾當、須講開方好行事、大仙道這一上壇只有我的令牌為號一聲令牌响風來二聲响雲起三聲响雷閃齊鳴四聲响雨至五聲响雲散雨收行者笑道妙阿我僧是不曾見請了請了大仙拽開步進前三藏等隨後徑到了壇門外擡頭觀看那里有一

把斬妖壇場一齣出妙手妙手

座高臺約有三丈多高臺左右插著二十八宿旗號頂上放一張卓子卓上有一個香爐爐中香烟藹藹兩邊有兩隻燭臺臺上風燭煌煌爐邊靠著一個金牌牌上鐫的是雷神名號底下有五個大缸都注著滿缸清水水上浮出楊柳枝楊柳枝上托著一面鐵牌牌上書的是雷霆都司的符字左右有五個大樁樁上寫著五方蠻雷使者的名

錄每一椿邊立兩個道士各執鉄鎚伺候著打椿臺後面有許多道士在那里寫作文書正中間設一架紙爐又有幾個像生的人物都是那執符使者土地贊教之神那大仙走進去更不謙遜直上高臺立定傍邊有個小道士捧了幾張黃紙書就的符字一口寶劍遞與大仙大仙執著寶劍念動咒語將一道符在燭上燒了那底下兩三個道士拿過一個執符的像生一道文書亦點火焚之那上面乒的一聲令牌响只見那半空裡悠悠的風色飄來猪八戒口裡作念道不好了不好了這道士果然有本事令牌响了一下果然就刮風行者道兄弟悄悄的你們再莫與

我說話、只管護持師父、等我幹事去來、好大聖、拔下一根毫毛、吹口仙氣、叫變、就變作一個假行者、立在唐僧手下、他的真身出了元神、趕到半空中、高叫那司風的是那個、慌得那風婆婆捻住布袋、巽二郎劄住口繩、上前施禮、行者道、我保護唐朝聖僧西天取經、路過車遲國、與那妖道賭勝祈雨、你怎麼不助老孫、返助那道士、我且饒你、把風收了、若有一些風兒、把那道士的鬍子吹得動動、各打二十鐵棒、風婆婆道、不敢不敢、遂而沒些風氣、八戒忍不住亂嚷道、那先生請退、令牌已响、怎麼不見一些風兒、你下來讓我們上去、那道士又執令牌、燒了符檄、撲的又打了一下只見那空中雲霧遮滿、孫大聖又當頭叫道、你雲的是那個、慌得那推雲童子佈霧郎君當面施禮、行者又將前事説了一遍、那雲童霧子也收了雲霧、放出太陽星耀、一天萬里更無雲、八戒笑道、這先兒只好哄這皇帝搪塞黎民、全没些眞實本事、令牌響了、兩下如何又不見雲生、那道士心中焦燥、仗寶劍解散了頭髮、念著咒、燒了符、再一令牌、打將下去、只見那南天門裡、鄧天君領著雷公電母到當空、迎著行者施禮、行者又將前項事説了一遍、道你們怎麼來的志誠、是何法旨、天君道、那道士五雷法是個眞的、他發了文書、燒了文檄、驚動玉帝、玉帝擲下旨意徑至九天應元雷聲普化天尊府下我等奉旨前來助雷電下雨行者道既如此且都住了伺候老孫行事果然雷也不鳴電也不灼那道士愈加著忙又添香燒符念咒打下令牌半空中又有四海龍王一齊擁至行者當頭喝道敖廣那里去那敖廣敖欽敖閏上前施禮行者又將前項事說了一遍道向日有勞未曾成功今日之事望爲助力龍王道遵命遵命行者又謝了敖順道前日虧令郎縛怪搭救師父龍王道那廝還鎖在海中未敢擅便正欲請大聖發落行者道憑你怎麼處治了罷如今且助我一功那道士四聲令牌已畢却輪到老孫上去幹事了但我不

會發符燒檄、打甚令牌、你列位却要助我行行、鄧天君道、大聖分付、誰敢不從、但只是得一個號令、方敢依令而行、不然、雷雨亂了、顯得大聖無款也、行者道、我將棍子爲號罷、那雷公大驚道、爺爺呀、我們怎吃得這棍子、行者道、不是打你們、但看我這棍子往上一指、就要刮風、那風婆婆巽二郎、沒口的答應道、就放風、棍子第二指、就要佈雲、那推雲童子、佈霧郎君道、就佈雲、就佈雲、棍子第三指、就要雷、公皆鳴、那雷公電母道、奉承奉承、棍子第四指、就要下雨、那龍王道、遵命遵命、棍子第五指、就要大日天晴、却莫違悞、分付已畢、遂按下雲頭、把毫毛一抖、收上身來、那些人肉眼凡胎、那里曉得、行者遂在傍邊高叫道、先生請了、四聲令牌俱已响畢、更没有風雲雷雨、該讓我了、那道士無奈、不敢久占、只得下了臺讓他、努著嘴徑往樓上見駕、行者道、等我跟他去、看他說些甚的、只聽得那國王問道、寡人這里洗耳誠聽、你那里四聲令响、不見風雨何也、道士云、今日龍神都不在家、行者厲聲道、陛下龍神俱在家、只是這國師法不靈、請他不來、等和尚請來你看、國王道、郎去登壇、寡人還在此候雨、行者得吉、急抽身到壇所、扯著唐僧道、師父請上臺、唐僧道、徒弟、我却不會祈雨、八戒笑道、他害你了、若還没雨、拿上柴蓬一把火了帳、行者道、你不會求雨、好的會念經、等我助你那長老纔舉步登壇到上面端然坐下、定性歸神、默念那密多心經正坐處忽見一員官飛馬來問那和尚怎麼不打令牌不燒符檄行者高聲答道、不用不用、我們是靜功祈禱、那官去回奏不題、行者聽得老師父經文念盡、却去耳躲內取出鉄棒迎風幌了一幌、就有丈二長短、碗來粗細、將棍望空一指、那風婆婆見了心忙、扯開皮袋、巽二郎解放口繩、只聽得呼呼風响、滿城中揭瓦翻磚、揚沙走石、看起來真個好風、却比尋常之風不同也、但見

折柳傷花、摧林倒樹、九重殿損壁崩墻、五鳳樓搖梁撼

枉天邊紅日無光、地下黃砂有翅、演武廳前武將驚、會文閣內文官懼、三宮粉黛亂青絲、六院嬪妃蓬寶髻、侯伯金冠落編纓、宰相烏紗去展翅、當駕有言不敢談、黃門執本無由進、金魚玉帶不依班、象簡羅衫無品敘、彩閣翠屏盡損傷、綠牕朱户皆狼狽、金鑾殿瓦走磚飛、錦雲堂門歪槅碎、這陣狂風果是兇、刮得那君王父子難相會、六街三市沒人踪、萬戶千門皆緊閉、

正是那狂風大作、孫行者又顯神通、把金箍棒鑽一鑽望恐又一指、只見那

推雲童子佈霧郎君、推雲童子顯神威、骨都都觸石遮

天、佈霧郎君施法力、濃漠漠飛烟蓋地、茫茫三市暗、冉
冉六街昏、因風離海上、隨雨出崑崙、頃刻漫天地、須臾
蔽世塵、宛然如混沌、不見鳳樓門、
此時昏霧朦朧、濃雲靉靆、孫行者又把金箍棒鑽一鑽、望
空又一指、慌得那
雷公奮怒、電母生嗔、雷公奮怒、倒騎火獸下天關、電母
生嗔、亂掣金蛇離斗府、吻喇喇施霹靂、震碎了鐵叉山、
淅瀝瀝閃紅綃、飛出了東洋海、呼呼隱隱滾車聲、燁燁
煌煌飄稻米、萬萌萬物精神改、多少昆虫蟄已開、君臣
樓上心驚駭、商賈聞聲膽怯忙、

那沉雷護閃乒乒乓乓、一似那地裂山崩之勢、諕得那滿城人、戶戶焚香家家化紙孫行者高呼老鄧仔細替我看那貪贓壞法之官忤逆不孝之子多打死幾個示衆那雷越發振响起來、行者却又把鐵棒望上一指只見那龍施號令雨漫乾坤勢如銀漢傾天塹疾似雲流過海門樓頭聲滴滴牕外响瀟瀟天上銀河瀉街前白浪滔淙淙如瓮撿滾滾似盆澆孤庄將漫屋野岸欲平橋眞個桑田變滄海霎時陸岸滾波濤神龍籍此來相助擡起長江望下澆、

這塲雨自辰時下起只下到午時前後、下得那車遲城裡

裡外外外水漫了街衢那國王傳旨道雨穀了雨穀了十分再多又渰壞了禾苗返為不美五鳳樓下聽事官策馬冒雨來報聖僧雨穀了行者聞言將金箍棒往上又一指只見霎時間雷收風息雨散雲收國王滿心歡喜文武盡皆稱贊道好和尚這正是強中更有強中手就是我國師求雨雖靈若要晴細雨兒還下半日便不清爽怎麼這和尚要晴就晴頃刻間杲杲日出萬里就無雲也國王教回鑾倒換關文打發唐僧過去正用御寶時又被那三個道士上前阻住道陛下這場雨全非和尚之功還是我道門之力國王道你纔說龍王不在家不曾有雨他走上去以靜

功祈禱、就雨下來、怎麼又與他爭功、何也、虎力大仙道、我上壇發了文書、燒了符檄、擊了令牌、那龍王誰敢不來、想是那方召請風雲雷雨五司俱不在、一聞我令、隨赶而來、（道士說來似亦有理）適遇著我下他上、一時撞著這個機會、所以就雨、從根筭來、還是我請的龍、下的雨、怎麼筭作他的功果、那國王昏亂、聽此言却又疑惑未定、行者近前一步、合掌奏道、陛下、這些傍門法術、也不成個功果、算不得我的他的、如今有四海龍王、見在空中、我僧未曾發放他、還不敢遽退、那國師若能叫得龍王現身、就筭他的功勞、國王大喜道、寡人做了二十三年皇帝、更不曾看見活龍是怎麼模樣、你兩家各顯法力不論僧道但叫得來的就是有功叫不出的有罪那道士怎麽有那樣本事就叫那龍王見大聖在此也不敢出頭道士云我輩不能你是叫來那大聖仰面朝空厲聲高叫敖廣何在兄弟們都現原身來看那龍王聽喚即忙現了本身四條龍在半空中度霧穿雲飛舞向金鑾殿上但見

飛騰變化遶霧盤雲玉爪垂鈎白銀鱗舞鏡明髯飄素練根根爽角聳軒昂挺挺清磕額崔巍圓睛幌亮隱顯莫能測飛揚不可評禱雨隨時佈雨求晴即便天晴這纔是有靈有聖真龍像祥瑞繽紛遶殿庭

那國王在殿上焚香、衆公[illegible]禮拜、國王道、有勞貴體降臨、請回寡人改日醮謝、行者道、列位衆神各自歸去、這國王改日醮謝、那龍王徑自歸海、衆臣各各回天、這正是

廣大無邊眞妙法、至眞了性劈旁門、

畢竟不知怎麼除邪、且聽下回分解、

總評

描畫祈雨壇場處、是大手筆、其餘雖妙、却還是剩技、

第四十六回

外道弄强欺正法　心猿顯聖滅諸邪

話說那國王見孫行者有呼龍使聖之法，即將關文用了寶印，便要遞與唐僧，放行西路。那三個道士慌得拜倒在金鑾殿上啓奏。那皇帝即下龍位，御手忙攙道：「國師今日行此大禮何也？」道士說：「陛下，我等至此匡扶社稷，保國安民，苦歷二十年來。今日這和尚弄法力，放了他去，敗了我們聲名。陛下以一場之雨，就恕殺人之罪，可不輕了我等也。望陛下且留住他的關文，讓我兄弟與他再賭一賭，看是何如。」那國王着實昏亂，東說向東，西說向西，真個收了

鬬文道國師你怎麼與他賭虎力大仙道我與他賭坐禪
國王道國師差矣那和尚乃禪教出身必然先會禪機纔
敢奉旨求經你怎與他賭此大仙道我這坐禪比常不同
有一異名教做雲梯顯聖國王道何爲雲梯顯聖大仙云
要一百張桌子五十張作一禪臺一張一張叠將起去不
許手攀而上亦不用梯凳而登各駕一朶雲頭上臺坐下
約定幾個時辰不動國王見此有些難處就便傳旨問道
那和尚我國師要與你賭雲梯顯聖坐禪那個會麼行者
聞言沉吟不荅八戒道哥哥怎麼不言語行者道兄弟實
不瞞你說若是踢天弄井攪海翻江担山趕月換斗移星

諸般巧事我都幹得就是砍頭剜腦剖腹剜心異樣騰那却也不怕但說坐禪我就輸了我那里有這坐性（着眼）你就把我鎖在鐵柱上我也要上下爬蹅莫想坐得住三藏忽的開言道我會坐禪行者歡喜道却好却好可坐得多少時三藏道我幼年遇方上禪僧講道那性命根本上定性存（着眼）神在死生關裡也坐二三個年頭行者道師父若坐二三年我們就不取經罷多也不上二三個時辰就下來了三藏道徒弟啞却是不能上去行者道你上前答應我送你上去那長老果然合掌當胸道貧僧會坐禪國王教傳旨立禪臺國家有倒山之力不消半個時辰就設起兩座臺

在金鑾殿左右那虎力大仙下殿立于階心將身一縱踏一朶席雲徑上西邊臺上坐下行者拔一根毫毛變做假像陪着八戒沙僧立于下面他却作五色祥雲把唐僧攝起空中徑至東邊臺上坐下他又歛祥光變作一個焦螟虫飛在八戒耳躲邊道兄弟仔細看着師父再莫與老孫替身說話那獸子笑道理會得理會得却說那鹿力大仙在繡墩上坐看多時他兩個在高臺上不分勝負這道士就助他師兄一功將腦後短髮拔了一根捻着一團彈將上去徑至唐僧頭上變作一個大臭虫咬住長老那長老先前覺癢然後覺疼疼原來坐禪的不許動手動手算輸一

時間疼痛難禁他縮着頭就着衣襟擦癢八戒道不好了師父羊兒風發了沙僧道不是是頭風發了行者聽見道我師父乃志誠君子他說會坐禪斷然會坐說不會只是不會君子家豈有謬乎你兩個休言等我上去看看好行者嚶的一聲飛在唐僧頭上只見有豆粒大小一個臭虫叮他師父慌忙用手捻下替師父撓撓挍挍那長老不疼不癢端坐上面行者暗想道和尚頭光虱子也安不得一個如何有此臭虫想是那道士弄的玄虛害我師父哈哈枉自也不見輸贏等老孫去弄他一弄這行者飛將上去在獸頭上落下搖身一變變作一條七寸長的蜈蚣徑來

道士鼻凹裡叮了一下那道士坐不穩一個觔斗翻將下去幾乎喪了性命幸虧大小官員人多救起國王大驚即着當駕太師領他往文華殿裡梳洗去了行者仍駕祥雲將師父駝下堦前已是長老得勝那國王只教放行鹿力大仙又奏道陛下我師兄原有暗風疾因到了高處冒了天風舊疾舉發故令和尚得勝且留下他等我與他賭隔板猜枚國王道怎麼叫做隔板猜枚鹿力道貧道有隔板知物之法看那和尚可能勾他若猜得過我讓他出去猜不着憑陛下問擬罪名雪我昆仲之恨不污了二十年保國之恩也真個那國王十分昏亂依此讒言即傳旨將一

朱紅漆的櫃子命內官擡到宮殿教娘娘放上件寶貝須臾擡出放在白玉堦前教僧道你兩家各賭法力猜那櫃中是何寶貝三藏道徒弟櫃中之物如何得知行者斂祥光還變作蟭蟟虫叮在唐僧頭上道師父放心等我去看來好大聖輕輕飛到櫃上爬在那櫃脚之下見有一條板縫兒他鑽將進去見一個紅漆丹盤內放一套宮衣乃是山河社稷襖乾坤地理裙用手拿起來抖亂了咬破舌尖上一口血哨噴將去叫聲變即變作一件破爛流丟一口鐘臨行又撒上一泡臊溺却還從板縫裡鑽出來飛在唐僧耳躲上道師父你只猜是破爛流丟一口鐘三藏道他

教猜寶貝哩流丟是件甚寶貝。行者莫管他。只猜着便是

唐僧進前一步正要猜。那鹿力大仙道。我先猜。那櫃裡是

山河社稷襖。乾坤地理裙。唐僧道不是不是櫃裡是件破

爛流丟一口鐘。國王道。這和尚無禮。敢笑我國中無寶。猜

甚麼流丟一口鐘。教拿了那兩班校尉就要動手。慌得唐

僧合掌高呼。陛下且赦貧僧一時。待打開櫃看。端的是寶。

貧僧領罪。如不是寶。却不屈了貧僧也。國王教打開看。當

駕官即開了捧出丹盤來看。果然是件破爛流丟一口鐘。

國王大怒道。是誰放上此物。龍座後面閃上三宮皇后道。

我主。是梓童親手放的山河社稷襖。乾坤地理裙。却不知

怎麼變成此物國王道御妻請退寡人知之宮中所用之物無非是段絹綾羅那有此甚麼流丟教擡上櫃來等朕親藏一寶貝再試如何那皇帝即轉后宮把御花園裡仙桃樹上結得一個大桃子有碗來大小摘下放在櫃內又擡下叫猜唐僧道徒弟阿又來猜了行者道放心等我再去看看又嘤的一聲飛將去還從板縫兒鑽進去見是一個桃子正合他意即現了原身坐在櫃裡將桃子一頓口啃得乾乾淨淨連兩邊腮凹兒都啃淨了將核子安在裡面仍變蟭蟟蟲飛將出去叮在唐僧耳躲上道師父只猜是個桃核子長老道徒弟阿休要弄我先前不是口快幾

乎拿去典刑這翻須猜寶貝方好桃核子是甚寶貝行者
道休怕只管羸他便了三藏正要開言聽得那羊力大仙
道貧道先猜是一顆仙桃三藏猜道不是桃是個光桃核
子那國王喝道是朕放的仙桃如何是核三國師猜着了
三藏道陛下打開來看就是當駕官又擡上去打開捧出
丹盤果然是一個核子皮肉俱無國王見了心驚道國師
休與他賭鬬了讓他去罷寡人親手藏的仙桃如今只是
一核子是甚人吃了想是有鬼神暗助他也八戒聽說與
沙僧微微冷笑道還不知他是會吃桃子的積年哩正話
間只見那虎力大仙從文華殿梳洗了走上殿道陛下這

和尚有搬運袛物之術擡上櫃來我破他術法與他再猜
國王道國師還要猜甚虎力道術法只袛得物件却不袛
得人身將這道童藏在裡面管教他袛換不得這小童果
藏在櫃裡掩上櫃蓋擡將下去教那和尚再猜這三番是
甚寶貝三藏道又來了行者道等我再去看看嘤的又飛
去鑽入裡面見是一個小童兒好大聖他却有見識果然
是騰那天下少似這伶俐世間稀他就搖身一變變作個
老道士一般容貌進櫃裡叫聲徒弟童兒道師父你從那（趣至此妙至此亦奇矣）
里來的行者道我使遁法來的童兒道你來有甚教誨行
者道那和尚看見你進櫃來了他若猜個道童却又不輸

了是特來和你計較計較剃了頭我們猜和尚罷童兒道但憑師父處治只要我們贏他便了若是再輸與他不但低了聲名又恐朝廷不敬重了行者道說得是我見過來贏了他我重重賞你將金箍棒就變作一把剃頭刀摟抱（皮）着那童兒口裡叫道乖乖忍着疼莫放聲等我與你剃頭須臾剃下髮來窩作一團塞在那櫃腳紇絡裡收了刀兒（看到此哭人也笑殺人也活）摸着他的光頭道我兒頭便像個和尚只是衣裳不趁脫下來我與你變一變那道童穿的一領葱白色雲頭花絹繡錦沿邊的鶴氅真個脫下來被行者吹一口仙氣叫變（猴）即做一件土黃色的直裰兒與他穿了却又拔下兩根毫

毛變作一個木魚兒遞在他手裡道徒弟須聽着但叫道
童千萬莫出去若叫和尚你就與我頂開櫃蓋敲着木魚
念一卷佛經鑽出來方得成功也童兒道我只會念三官
經北斗經消災經行者道你可會念佛童兒道阿彌陀佛
那個不會念行者道也罷也罷就念佛者得我又教你切
記着我去也還變蟭蟟蟲鑽出去飛在唐僧耳輪邊道師
父你只猜是個和尚三藏道這番也猜麤了行者道你怎
麼定得三藏道經上有云佛法僧三寶和尚却也是一寶
正說處只見那虎力大仙道陛下第三番是個道童只管
叫他那里肯出來三藏合掌道是個和尚八戒儘力高叫

道、櫃裏是個和尚、那童兒忽的頂開櫃蓋、敲着木魚、念着佛、鑽出來、（到此作者讀者俱絕大歡喜矣）喜得那兩班文武齊聲喝采、諕得那三個道士拑口無言、國王道這和尚足有神鬼輔佐、怎麼道士入櫃就變做和尚、縱有待詔跟進去、也只剃得頭便了、如何衣服也能趁體、口裏又會念佛、國師呵讓他去罷、虎力大仙道陛下左右是棊逢對手、將遇良材、貧道將鍾南山幼時學的武藝索性與他賭一賭、國王道有甚麼武藝、虎力道弟兄三個都有些神通、會砍下頭來又能安上、剖腹剜心還再長完、滚油鍋裏又能洗澡、國王大驚道此三事都是尋死之路、虎力道我等有此法力纔敢出此朗言、斷要與他賭個饑休那國王叫道東土的和尚我國師不肯放你還要與你賭砍頭剖腹下滾油鍋洗澡哩行者正變作蟭蟟蟲往來報事忽聽此言即收了毫毛現出本相哈哈大笑道造化造化買賣上門了八戒道這三件都是喪性命的事怎麽說買賣上門行者道你還不知我的本事八戒道哥哥你只像這等變化騰挪也勾了怎麽還有這等本事行者道我呵

砍下頭來能說話剁了臂膊打得人斬去腿脚會走路
剖腹還平妙絕倫就似人家包匾食一捻一個就圝圝
油鍋洗澡更容易只當溫湯滌垢塵

八戒沙僧聞言呵呵大笑行者上前道陛下小和尚會砍頭國王道你怎麼會砍頭行者道我當年在寺裡修行曾遇着一個方上禪和子教我一個砍頭法不知好也不好如今且試試新國王笑道那和尚年幼不知事砍頭那里好試新頭乃六陽之首砍下即便死矣虎力道陛下正要他如此方纔出得我們之氣那昏君信他言語即傳旨教設殺場一聲傳旨即有羽林軍三千擺列朝門之外國王教和尚先去砍頭行者欣然應道我先去我先去拱着手高呼道國師恕大膽占先了拽回頭徑往外就走唐僧一把扯住道徒弟呀仔細些那里不是耍處行者道怕他怎的

捆了手。等我去來。那大聖徑至殺場裡面被劊子手撾住了。綑做一團。按在那土墩高處。只聽喊一聲開刀。颼的把個頭砍將下來。又被劊子手一腳跌了去。好似滾西瓜一般。滾有三四十步遠近。行者腔子中更不出血。只聽得肚裡叫聲頭來。慌得鹿力大仙見有這般手段。即念咒語教本坊土地神祇。將人頭扯住。待我贏了和尚。奏了國王。與你把小祠堂蓋作大廟宇。泥塑像改作正金身。原來那些土地神祇。因他有五雷法。也服他使喚。暗中真個把行者頭按住了。行者又叫聲頭來。那頭一似生根。莫想得動。行者心焦。捻着拳。掙了一掙。將綑的繩子就皆掙斷。喝聲長

文人之筆奇幻至此

摸的腔子内長出一個頭來諕得那劊子手個個心驚羽林軍人人胆戰那監斬官急走入朝奏道萬歲那小和尚砍了頭又長出一顆來了八戒冷笑道沙僧那知哥哥還有這般手段沙僧道他有七十二般變化就有七十二個頭哩說不了行者走來叫聲師父三藏大喜道徒弟辛苦麼行者道不辛苦倒好耍子八戒道哥哥可用刀瘡藥麼行者道你是摸摸看可有刀痕那獃子伸手一摸就笑得呆呆掙掙道妙哉妙哉却也長得完完全全截疤兒也沒些兒兄弟們正都歡喜又聽得國王叫領關文赦你無罪快去快去行者道關文雖領必須國師也赴法場砍頭也當試

新去來國王道大國師那和尚也不肯放你哩你與他賭勝且莫誤了寡人虎力也只得去被幾個劊子手也綑翻在地幌一幌把頭砍下一脚也跌將去滾了有三十餘步他腔子裡也不出血也叫一聲頭來行者即忙拔下一根毫毛吹口仙氣叫變變作一條黃犬跑入塲中把那道士頭一口啣來徑跑到御水河邊丟下不題却說那道士連叫三聲人頭不到怎似行者的手段長得出來腔子中骨都都紅光迸出可憐空有喚雨呼風法怎比長生果正仙須臾倒在塵埃衆人觀看乃是一隻無頭的黃毛虎那監斬官又來奏萬歲大國師砍下頭來不能長出死在塵埃

是一隻無頭的黄毛虎國王聞奏大驚失色目不轉睛看那兩個道士鹿力起身道我師兄已是命倒祿絕了如何是隻黄虎這都是那和尚憊懶使的掩樣法兒將我師兄變作畜類我今定不饒他定要與他賭那剖腹剜心國王聽說方纔定性回神又叫那和尚二國師還要與你賭哩行者道小和尚久不吃烟火食前日西來忽遇齋公家勸飯多吃了幾個饝饝這幾日腹中作痛想是生蟲正欲借陛下之刀剖開肚皮拿出臟腑洗淨脾胃方好上西天見佛國王聽說教拿他赴曹那許多人攙的攙扯的扯行者展脫手道不用人攙自家走去但一件不許縛手我好用

手洗刷臟腑國王傳旨教莫綁他手行者搖搖擺擺徑至殺場將身靠着大樁解開衣帶露出肚腹那劊子手將一條繩套在他膊項上一條繩劄住他腿足把一口牛耳短刀幌一幌着肚皮下一割搠個窟窿這行者雙手爬開肚腹拿出腸臟來一條條理勾多時依然安在裡面照舊盤曲捻着肚皮吹口仙氣叫長依然長合國王大驚將他那關文捧在手中道聖僧莫悞西行與你關文去罷行者笑道關文小可也請二國師剖剖剜剜何如國王對鹿力說這事不與寡人相干是你要與他做對頭的請去請去鹿力道寬心料我決不輸與他你看他也像孫大聖搖搖擺

擺徑入殺場被劊子手套上繩將牛耳短刀𠺕喇的一聲割開肚腹他也拿出肝腸用手理弄行者即拔一根毫毛吹口仙氣叫變變作一隻餓鷹展開翅爪搜的把他五臟心肝盡情抓去不知飛向何方受用這道士弄做一個空腔破肚淋漓鬼少臟無腸浪蕩魂那劊子手蹬倒大樁拖屍來看呀原來是一隻白毛角鹿慌得那監斬官又來奏道二國師晦氣正剖腹時被一隻餓鷹將臟腑肝腸都刁去了死在那里原身是個白毛角鹿也國王害怕道怎麼（原來道士都是畜生）是個角鹿那羊力大仙又奏道我師兄既死如何得現獸形這都是那和尚弄術法坐害我等等我與師兄報仇者

國王道你有甚麽法力羸他羊力道我與他賭下滚油鍋
洗澡國王便教取一口大鍋滿貯香油教他兩個賭去行
者道多承下顧小和尚一向不曾洗澡這兩日皮膚燥痒
好歹盪盪去那當駕官果安下油鍋架起乾柴燃着烈火
將油燒滚教和尚先下去行者合掌道不知文洗武洗國
王道文洗如何武洗如何行者道文洗不脫衣服似這般
叉着手下去打個滚就起來不許汚壞了衣服若有一點
油膩算輸武洗要取一張衣架一條手巾脫了衣服跳將
下去任意翻觔斗豎蜻蜓當耍而洗也國王對羊力說你
與他文洗武洗羊力道文洗恐他衣服是藥鍊過的隔

油武洗罷。行者又上前道。恁大胆屢次占先了。你看他游
了布直裰褪了虎皮裙將身一縱跳在鍋內翻波鬪浪就
似負水一般頑耍。八戒見了咬着指頭對沙僧道我們也
錯看了這猴子了。平時間劖言訕語。鬪他要子。怎知他有
這般真實本事。他兩個唧唧噥噥誇奬不盡。行者學見心
疑道那獃子笑我哩。正是巧者多勞拙者閑。老孫這般舞
弄他到自在。等我作成他綑一繩看他可怕。正洗浴打個
水子淬在油鍋底上。變作個棗核釘兒。再也不起來了。那
監斬官近前又奏。萬歲。小和尚被滾油烹死了。國王大喜
教撈上骨骸來看。劊子手將一把鐵笊籬在油鍋裡撈原

來那笊籬眼稀行者變得釘小徃徃來來從眼孔漏下去
了那里撈得着又奏道和尚身微骨嫩俱爍化了國王教
拿三個和尚下去兩邊校尉見八戒面兒先揪翻把背心
綑了慌得三藏高叫陛下赦貧僧一時我那個徒弟自從
歸教歷歷有功今日冲撞國師死在油鍋之內奈何先死
者爲神我貧僧怎敢貪生正是天下官員也管着天下百
姓陛下若教臣死臣豈敢不死只望寬恩賜我半盞凉漿
水飯三張紙馬容到油鍋前燒此一陌紙也表我師徒一
念那時再領罪也國王聞言道也是那中華人多有義氣
命取些漿飯黃錢與他果然取了遞與唐僧唐僧教沙和

尚同去。行至堦下。有幾個校尉。把八戒揪着耳躲拉在鍋
邊。三藏對鍋祝曰。徒弟孫悟空
自從受戒拜禪林。護我西來恩愛深。指望同時成大道。
何期今日你歸陰。生前只爲求經意。死後還存念佛心。
萬里英魂須等候。幽冥做鬼上雷音。
八戒聽見道。師父不是這般祝了。沙和尚你替我奠漿飯
等我禱。那獃子綑在地。氣呼呼的道
闖禍的潑猴子。無知的弼馬温。該死的潑猴子。油烹的
弼馬温。猴兒了帳。馬温斷根
孫行者在油鍋底上聽得那獃子亂罵。忍不住現了本相

赤淋淋的站在油鍋底道饞糟的夯貨你罵那個哩唐僧道見了道徒弟謊殺我也沙僧道大哥乾淨推佯死慣了慌得那兩班文武上前來奏道萬歲那和尚不曾死又在油鍋裡鑽出來了監斬官恐怕虛誑朝廷却又奏道死是死了只是日期犯凶小和尚來顯魂哩行者聞言大怒跳出鍋來揩了油膩穿上衣服掣出棒撾過監斬官着頭一下打做了肉團道我顯甚麼魂哩諕得衆官連忙解了八戒跪地哀告恕罪恕罪國王走下龍座行者上殿扯住道陛下不要走且教你三國師也下下油鍋去那皇帝戰戰兢兢道三國師你救朕之命便下鍋去莫教和尚打我羊力

下殿。照依行者脫了衣服。跳下油鍋。也那般支吾洗浴。行者放了國王近油鍋邊。叫燒火的添柴。却伸手探了一把。噫。那滚油都氷冷。心中暗想道。我洗時滚熱。他洗時却冷。我曉得了。這不知是那個龍王在此護持他哩。急縱身跳在空中。念聲唵字咒語。把那北海龍王喚來。我把你這個帶角的蚯蚓。有鱗的泥鰍。你怎麼助道士。冷龍護住鍋底。教他顯聖嬴我。諕得那龍王喏喏連聲道。敖順不敢相助。大聖原來不知。這個孽畜。苦修行了一場。脫得本殼。却只是五雷法真受。其餘都躧了傍門。難歸仙道。這個是他在小茅山學來的大開剝。那兩個已是大聖破了他法。現了本相道一個也是他自己煉的冷龍只好哄瞞世俗之人耍子怎瞞得大聖小龍如今就收了他冷龍管教他骨碎皮焦顯甚麼手段行者道趁早收了免打那龍王化一陣狂風到油鍋邊將冷龍捉下海去不題行者下來與三藏八戒沙僧立在殿前見那道士在滚油鍋裡打掙爬不出來滑了一跌霎時間骨脫皮焦肉爛監斬官又來奏道萬歲三國師煠化了也那國王滿眼垂淚手撲着御案放聲大哭道

人身難得果然難不遇真傳莫煉丹空有驅神咒水術
卻無延壽保生丸圓明混怎涅槃徒用心機命不安早

覺這般輕折挫何如秘食穩居山這正是

點金煉汞成何濟　喚雨呼風總是空

畢竟不知師徒們怎的維持且聽下回分解

總評

人決不可有勝負心你看他三個道士只爲要贏反換個輸了○嘗說棋以不著爲高兵以不戰爲勝畢竟奕秋還是個第二手孫武子還是個敗軍之將也世亦有知此者乎○前面黑風洞黃袍郎青獅子紅孩兒等項都是金木水火土的別號作者以之爲魔欲學者跳出五行也此處虎力鹿力羊力三道士亦

是虎車鹿車羊車的隱名作者之意亦欲人不以三車爲了猢猻也讀西遊記者亦知之乎否也